长篇小说

生化保姆

郑渊洁 著

云南人民出版社

果麦文化 出品

目录

第一章　旷达集团内讧

炒鱿鱼给人类炒出一次危机，尚不多见。

在一瞬间，从巅峰跌落进低谷的滋味，祝置城是深切感受过了。

在星期一上午举行的旷达集团高层管理人员例会上，当公司总裁王元美当着祝置城的面突然宣布解除他的总工程师职务时，祝置城难以置信。

七年前，在市生物科学研究所任副研究员的祝置城因不满所领导对他的压制，策反本所行政科副科长王元美同他一起辞职，创办旷达公司。当时祝置城和王元美卖掉了家中的电视机和电冰箱，才凑够了五万元启动资金。公司成立后，王元美任总经理，负责公司的管理；祝置城任总工程师，专事产品开发。当初祝置城之所以拉王元美一起干，是看中了王元美的管理才能。祝置城认为，他在生物学领域的造诣加上王元美的管理才干，他们的企业会突飞猛进。事实正如祝置城预料的，旷达公司成立只七年时间，就从一个只有五万元资金的小企业成为年销售额达九点七亿元的上市企业集团，人员也从创业时的三人增加到如今的八百五十人。

旷达集团是靠祝置城开发的旷达五脏磁疗仪发展起来的。五脏磁疗仪获得成功后，祝置城又相继开发出人体生物钟调节器和记忆细胞强化机，这两个产品为旷达集团创造了巨额利润。随着闲暇时间的增加和教育产业化，人体生物钟调节器和记忆细胞强化机逐步被市场淘汰，早已洞悉市场的王元美恰到好处地将公司的业务转移到房地产和信息领域，保证了旷达集团立于不败之地。旷达集团转型后，祝置城的生物学优势没了用武之地，公司新招聘的房地产、计算机、互联网方面的专家开始在公司里叱咤风云。

无事生非是真理。没事干的祝置城开始插手公司的管理。遗憾的是祝置城不懂企业管理，心胸又略显狭窄，于是祝置城同王元美的矛盾日渐突出，近来已经到了影响公司正常运转的地步。

尽管祝置城同王元美有过几次大规模的较量过招儿，但他还是不能想象王元美会在事先不和他打招呼的情况下突然在高层会议上宣布解除他的职务。

会议室一片寂静。祝置城怒不可遏地看着王元美，王元美的目光看着别处。祝置城从与会者的反应可以看出，公司的几位副总裁事先知道解雇他的决定。

“你无权解除我的职务！”祝置城一字一句地对王元美说，“我是公司的创始人！享有豁免权！”

愤怒之中，祝置城将外交术语移植到公司事务中。

王元美平静地说：“我是公司董事长兼总裁，根据公司章程，我有权解除本公司任何人的职务。公司章程中没有创始人不能被解除职务的条款。”

“王元美！当初是我说服你辞职办旷达的，没有我，就没有你的今天！旷达集团能有现在的成就，和我发明的磁疗仪、生物钟调节器和记忆细胞强化机是分不开的！你怎么能过河拆桥？”祝置城提高了嗓门。

“正因为考虑到你对公司的贡献，总裁办公会议决定在你离开公司时支付你一百万元。”王元美环视会议室，“本公司是股份制企业，作为董事长，我要对所有股东负责，请你谅解。你近来的所作所为已经影响了公司的业务，你还擅自向媒体散布不利于公司的言论，破坏了企业形象。你甚至无中生有地编造公司的经济问题。”

“是你先向记者诽谤我的！”祝置城站起来指着王元美说，“你是一个卑鄙的小人，你这么对待一起创业的人，谁还敢和你共事？”

祝置城挨个儿看公司的高层管理人员，希望能有人为他说话。在与会者当中，不乏受祝置城提拔和重用的人。遗憾的是，他看到谁，谁的目光就赶紧“移情别恋”。祝置城从他的几个嫡系的表情上也看出了叛徒的嘴脸。

王元美说：“今天的会就开到这儿，散会。”

与会者迅速站起来。祝置城看得出，大家都想尽快离开会议室。

祝置城全身的血都提升到头部，下半身只剩下水。他拿起面前桌上的水杯，朝王元美掷去。

“王元美！没有我，你现在还是王副科长！你不会有好下场！我和你没完！”

水杯一路洒着水朝王元美飞行过去，王元美没有躲避，而是任凭水杯砸在他身上。茶水泼洒在王元美那身价值上万元的名牌西服上，水杯顺着王元美的身体落地，发出令人恐惧的破裂声。

失去理智的祝置城抄起身边的椅子朝王元美冲过去，几个经理拦住祝置城，有人抱住他，有人用力拿下祝置城手中的椅子。

销售部李经理谨慎地劝祝置城：“祝总，您别激动，有话好好说。”

“我不是祝总了！”祝置城大喊，“我已经被一起创业的王元美开除了！谁再叫我祝总就是嘲笑我！”

王元美在几位亲信的保驾下离开会议室。王元美虽然声音不大地说了一句话，但远在二十米开外的祝置城听得一清二楚。

王元美一边低头看身上的茶水一边对身边的人说：

“事实证明，解除他的职务是正确的。他是一个没有自制力的人。这种性格用在科研上是长处，用在管理和人际关系上是短处。”

祝置城冲着已经走到会议室门口的王元美的背影喊：“王副科长，你有自制力！自制力是什么？不就是道貌岸然笑里藏刀吗！和喜怒不形于色的人打交道，是与狼共舞！你就是披着人皮的狼！”

财务部赵经理小心翼翼字斟句酌地对祝置城说：“祝总……不是……祝先生……还是让我叫您祝总吧，习惯了。您消消气……听我一句，塞翁失马……安知非福。别气坏了身体。您现在跟我去财务部拿一百万元的支票吧？”

祝置城看着赵经理说：“你会前已经知道了？连炒我的支票都开好了？”

赵经理尴尬：“……您应该……理解……我的……处境……”

祝置城眼圈红了：“当初是谁动员你跳槽来旷达的？你还有点儿良心没有？”

赵经理叹了口气，说：“……我永远也忘不了您对我的恩情，可我现在不能失去这份工作。我这个岁数，再找工作难了，如今招聘启事中的上限年龄都是三十五岁……”

祝置城望着会议室的天花板说：“真是墙倒众人推呀！真是人一走茶就凉呀！中国怎么能是盛产诸如此类词汇的大国？可悲！可悲！”

会议室的天花板是去年装修时祝置城定的款式，看着那些有棱有角层次分明忠心耿耿的石膏线，祝置城触景生情，泪水夺眶而出。

赵经理不知所措地看着祝置城。当发现就他一个人和祝置城还留在会议室时，他清楚自己如果还想继续拥有这个饭碗，就必须马上离开。

赵经理匆忙对祝置城说：

“祝总，我在财务部等您。这钱您一定要拿……我先走了……”

赵经理说完像逃避瘟疫般走了。

看着装修豪华但空荡荡的会议室，祝置城百感交集，没有想到事情发展到这样的地步：创业者在事业成功后被昔日的合伙人扫地出门。

祝置城头重脚轻地回到自己的办公室，颓然地坐进高档皮转椅，茫然思索着对策。

祝置城的秘书彭博面带愠色地进来。

“祝总，我也被炒鱿鱼了。”彭博说，“刚才公司人力资源部张经理通知我的。”

彭博是祝置城的外甥，亦是祝置城在旷达的心腹。自祝置城同王元美分庭抗礼以来，彭博起了推波助澜的作用。

“舅舅，”彭博压低声音说，“王元美够狠的，事前一点儿风都不透，这叫突然袭击！我刚才听说了，您在会上怒斥得他哑口无言。他事先约好了记者，现正在他的办公室开小型新闻发布会。他要在媒体先下手。”

祝置城一拳砸在办公桌上，电话机可怜地颤动着。

“咱们必须马上举行新闻发布会，”彭博建议，“向社会澄清真相，让舆论同情您。这种卸磨杀驴的事特容易引起人们同情。”

“你马上去办，”祝置城点头，“通知和咱们关系好的大报记者，中午十一点整到意宾饭店开新闻发布会。备午餐，每人一千元红包。”

彭博知道祝置城已无权从财务部支钱了，问：“钱从哪儿出？”

祝置城咬了咬下嘴唇，说：“你去财务部赵经理那儿拿一百万元的支票，新闻发布会的钱就从这一百万中出。”

彭博去操办。

祝置城的司机林杰风急火燎地进来，和彭博撞了个满怀。彭博一边走一边回头瞪了林杰一眼，说：“急什么？”

林杰没理出去的彭博，问祝置城：“祝总，我正在擦车，听公司的人说您被王总解雇了？”

祝置城点点头，没说话。

“是真的？”林杰再问一遍。

“是真的，王元美刚才在公司高层会议上宣布的。”

“您事先不知道？”

“不知道。”

“这算什么？！这是人干的事吗？别说您是公司的创始人，就是辞退一个部门经理也得提前一个月通知人家呀！我去揍王元美！”林杰脖子上青筋暴起。

“回来！”祝置城叫住转身要走的林杰，“要打也是我打，你打会被拘留的。再说了，打人怎么行？”

“像王元美这种不上路的人，就是欠揍！我找几个哥们儿打断他的腿！”林杰恨得咬牙切齿。

“胡闹。”祝置城劝阻林杰，“那不成买凶了？你可别给我帮倒忙。”

说是这么说，祝置城心里却好受了一些，毕竟林杰是公司里第一个对王元美炒他的鱿鱼鸣不平的人。彭博是祝置城的亲戚，不能算，而林杰当初是王元美调来的。林杰给祝置城开了四年车，两人相处得很融洽。

林杰下面的举动真让祝置城对他刮目相看了。

“祝总，我要炒王元美的鱿鱼！”林杰说。

“你怎么炒他的鱿鱼？”祝置城忍不住笑了。

“我辞职，不给他打工了！”林杰气宇轩昂地说。

“这可不行！”祝置城眼眶湿润了，“现在失业的人这么多，找份工作不容易，尤其是司机。”

“如果我不辞职，日本再侵略中国时，我肯定是汉奸。”林杰义愤填膺地说，“我一定要让他知道，这世界上不都是为五斗米折腰的王八蛋。”

林杰不顾祝置城的劝告，冲进位于祝置城办公室斜对面的王元美的办公室。

祝置城清楚地听见林杰扯着嗓子当着一屋子记者对王元美说：

“王元美！我现在宣布炒你的鱿鱼！我辞职，不干了！和你这种过河拆桥的人不能共事！各位记者，我只是一个普通的司机，但我看不了这种事！”

投掷汽车钥匙的声音。

祝置城热泪盈眶。

重重的摔门声后，林杰没有回祝置城的办公室。他怕给祝置城惹麻烦。

只区区十分钟后，王元美就实施了报复行动——总裁助理贺学兵表情严肃地进入祝置城的办公室。

“祝先生，旷达公司决定，您的办公室已经分配给陈副总裁使用了，请您立即收拾东西离开。”贺学兵一副公事公办的样子。

祝置城气得手发抖，说：“贺学兵，当年我去大学选中你的时候，忘了好好检验你的人品！”

“人品好的人，应该不会给自己的公司捣乱。”贺学兵反唇相讥。

“你？！”祝置城想拿电话机砸贺学兵，电话机离开桌面时，忍住了。

“给你半个小时时间收拾。”贺学兵没有走，站在墙脚看着祝置城。

“你给我滚出去！”祝置城怒吼。

“该滚的不是我。”贺学兵说，“这是王总的命令，让我保护公司的财产。”

祝置城领教什么是屈辱了，感觉自己现在像是一个叫花子。而在早晨他步入公司时，员工们见了他还争先恐后地对他点头哈腰竭尽奉承。

祝置城离开旷达公司时，除了清洁工汪婶帮他提箱子外，没有一个人送他，大家对他唯恐避之不及。汪婶拿着一块抹布一直将祝置城送到旷达大厦的大门口，还不时拿抹布擦眼睛。

在门口等候的林杰接过祝置城手中的文件箱。

“保安不让我进大厦了，说是王元美吩咐的。我只得在这儿等您。”林杰说。

“谢谢你，小林。”祝置城握着林杰的手说。

林杰伸手叫出租车。

“您回家？”林杰问。

“去意宾饭店。你和我一起去吧，小彭已经在那儿了。”祝置城说。

“去干吗？”林杰问。

“咱们也开记者招待会。”祝置城脸上的肌肉在抖动，“我不能束手待毙。”

“我跟您去。”林杰说。

第二章　吃了原告吃被告

祝置城在出租车上看表，此时是十点三十分。他掏出手机给彭博打电话。

“准备得怎么样了？”祝置城问。

“我请了五位记者，都是重量级的。已经到了三位。您在路上？”

“我马上就到。”

“刚才我和公司食堂的小赵通了电话，他说公司今天中午会餐，免费供应酒。王元美也真做得出来！”

祝置城挂断电话。他感到胸口发闷。

坐在前排的林杰感觉到彭博给了祝置城不愉快的信息，回头问：“祝总，您没事吧？要速效救心丸吗？”

“给我五粒。”

林杰掏出随身携带的速效救心丸药瓶，打开瓶盖，倒出五粒，转身通过防抢安全网一粒一粒递给祝置城，场面有点儿像探监。

林杰对彭博有看法，认为在王元美和祝置城的矛盾中，彭博起的负面作用非常大，近似于挑拨。祝置城和彭博在一起时，生气的时候居多，不是生彭博的气，而是生王元美的气。刚才祝置城和彭博通电话后生气，林杰可以肯定是彭博向祝置城通报了王元美在祝置城走后的所作所为。其实，这些事没必要和祝置城说。碍于彭博和祝置城的特殊关系，林杰一直不便对祝置城说他对彭博的这种感觉。有一点林杰心里有数，那就是假如王元美今天没有炒彭博的鱿鱼，彭博不会主动辞职跟祝置城走。

其实祝置城也有感觉，他和彭博在一起时，彭博总是告诉他谁谁谁说舅舅什么坏话了，包括王元美。而当祝置城和林杰在汽车上时，林杰总是说谁谁谁说祝总什么好话了，包括王元美。祝置城和彭博在一起时，离不开速效救心丸。祝置城和林杰在一起时，几乎没服用过速效救心丸，除非和彭博通电话。

为人处世，要尽量和"报喜不报忧"的人接触，远离"报忧不报喜"的人。所谓"报喜不报忧"，就是别人说你坏话他不传给你，别人说你好话他才传给你。"报喜不报忧"的人能使你心情舒畅、左右逢源。"报忧不报喜"的人使你心烦意乱四面楚歌。

彭博在意宾饭店门口等祝置城，看见林杰和祝置城一起来了，略感吃惊。

"你也被炒了？"彭博问林杰。

"是林杰炒了王元美。"祝置城说。

彭博显然不信。

祝置城进卫生间时，林杰拎着文件箱在外边等。彭博随祝置城进去。

"舅舅，林杰不会是王元美的奸细吧？"彭博一边撒尿一边小声问祝置城。

"你心眼儿太多了，绝不可能。"祝置城洗手。

"王元美是搞阴谋诡计的专家，咱们不能不防。林杰当初是王元美调来的。他给王元美开过一年车。"彭博低头仔细拉裤子上的拉链。一个月前，他在一次会前小解匆忙关闭拉链时，不慎将肉夹破了。彭博很是痛苦了一阵，创可贴也痛苦。

“林杰不会。”祝置城双手伸到烘手机下让人造热风烘干手上的自然水珠。

“林杰也参加记者招待会？”彭博还是不放心，“害人之心不可有，防人之心不可无。”

“没事儿，让他参加。”祝置城冲彭博摆摆手。

彭博熟悉舅舅这个动作的含义：停止这个话题。

祝置城和彭博从卫生间出来，彭博说：“我租了三层的一间小会议室，旁边就是餐厅。咱们坐电梯上去。”

林杰抢先走到电梯间，按下电梯的呼叫按钮。当祝置城和彭博走到电梯间时，恰好一部电梯开了门。

林杰和彭博一边一个，防患于未然地用手拦住刚打开绝不会现在关闭的电梯门，让祝置城先进电梯。这个动作令刚被去职的祝置城感到心头一热。

电梯的三面是镜子。祝置城一直弄不明白电梯里为什么要安装镜子。镜子使得本就狭小的电梯空间显得人员无中生有地更多更加拥挤不堪令人窒息。这部电梯里目前就祝置城、彭博和林杰三个人，祝置城往左右两边的镜子里看，成千上万个虚拟的祝置城、彭博和林杰陪他们坐电梯。

“人多力量大。只要有了人，什么人间奇迹都能创造出来。”不知为什么，祝置城在电梯里想起了这样的话。

“祝总，到了。”林杰对出神的祝置城说。

彭博将祝置城带到一间会议室门口，推开门先往里看，然后小声对祝置城说：“都到了。”

祝置城进入会议室，坐着的五位记者见到祝置城都相继站起来和他打招呼。祝置城和这五位记者都打过交道，无须彭博介绍。

林杰发现其中一个记者刚才在王元美的办公室里。他小声告诉祝置城。

“哪个？”祝置城小声问。

“那个女的。”林杰说。

五位记者中只有一位女性，祝置城和她很熟，她叫杨虹，是某大报《商海搏击》版的记者。

祝置城和记者们一一握手，当握到杨虹时，祝置城说：“杨小姐大概已经知道我的新闻发布会的内容了，你刚从王元美那儿赶来吧？”

彭博一怔，刚才打杨虹的手机通知她参加记者招待会时，杨虹没说她正在旷达公司参加另一个新闻发布会。

年纪轻轻的杨虹没有任何尴尬。她以一副久经沙场的笑容对祝置城说：“祝总，请您放心，我会客观地报道双方的立场和观点，让读者去判断。”

祝置城在心里骂道：“如今个别记者是吃了原告吃被告。企业内讧，肥了从中渔利的人。”

祝置城表面却赞扬杨虹：“在你们报社，杨小姐的文笔最好。”

杨虹说：“祝总过奖了。”

祝置城假装是开玩笑地问：“王元美给了你们多少交通费？”

企业开记者招待会，大都以“交通费”的名义向记者塞红包。

在王元美处刚收了两千元“交通费”的杨虹对祝置城问话的含义心知肚明，说：“王总给了每人三千元。”

祝置城回头对彭博说：“王元美也太小气了，亿万身家的企业家！咱们给每位记者朋友四千元交通费！”

彭博点头。

“祝总真豪爽，四千元够去新马泰交通一回了。”另一位记者说。

“这和你们付出的劳动仍然不成比例。”祝置城说，“如果我花钱打广告，数十万也达不到这样的效果。”

“祝总是我见过最坦率的企业家。”杨虹说。

大家落座。

饭店的服务小姐进来沏茶倒水。

等小姐出去后，祝置城清清嗓子，说：“今天请诸位来，是祝某遇到了困境，想请诸位帮忙。过去诸位帮助过我，希望今后能同诸位继续我们的友谊。”

记者们有的打开录音笔，有的打开笔记本记录。

“关于我和王元美的矛盾，近来媒体已多有报道。”祝置城停顿了一下继续说，“我是旷达公司的创始人，当初是我动员王元美辞职一起创办旷达公司的。旷达公司能有今天，是靠我发明的几个产品完成原始资金积累的。在旷达集团蒸蒸日上特别是上市后，王元美在公司开始飞扬跋扈，搞独裁统治。”

“对不起，我打断一下。”田记者问，“据著名经济学家詹姆斯的论述，企业总裁的本质就是独裁。您认为作为总裁，王元美的独裁体现在什么地方？”

祝置城愣了一下，说：“唯我独尊，搞一言堂。无视当初一起创业的人，比如他无视我这个总工程师对企业的一系列建议。”

记者们互相看了一眼，觉得祝置城的话没有说服力，但他们要对得起数目可观的交通费，因此没人再不识趣地纠缠这个话题。

祝置城继续说：“今天上午，王元美在旷达公司高层管理人员的例会上，突然宣布解除我的职务。”

杨虹问：“王元美事前没有向您透露？”

“我在开会前一点儿都不知道，”祝置城说，“完全是突然袭击。如此对待一起创业的伙伴，说明王元美是个心胸狭窄的人。”

“请问导致王元美解除您职务的具体因素是什么？”李记者问。

“据王元美刚才对我们说，”杨虹说，“您在一周前对《商报》记者说，旷达集团内部管理混乱。《商报》对此报道后，导致旷达集团股票下跌。三个月前，您还向有关部门反映旷达集团骗取出口退税，致使有关部门到旷达调查，结果证明旷达是清白的。您对此有什么说法？”

祝置城的脸微微一红，他说：“旷达集团管理混乱是有目共睹的，如果不是这样，总裁怎么会在事先不打招呼的情况下突然解除总工的职务？这不正说明旷达集团的管理已经混乱不堪吗？”

记者们点头。

“至于说到我向有关部门反映旷达骗取出口退税的事，由于王元美不让我过问公司的财务，我无法了解具体的账目，但我出于对自己创办的公司的爱护，向有关部门反映，这无可厚非吧？”祝置城说。

“王元美说您这是诬陷。您怎么看？”杨虹问。

“我是真名实姓反映问题，诬陷大都是匿名。”祝置城脸色稍微有点儿红，“王元美不给我在公司内部说话的机会，我只能这么办。”

一位记者问：“王元美解雇您，给您多少赔偿金？”

“一百万。”祝置城说。

“您觉得这个数目怎么样？”

“九牛一毛。”

“七年来，您认为您发明的产品为旷达创造了多少利润？”

“至少一个亿。”

“您认为王元美有权解除您的职务吗？”

“无权。因为我是创始人之一。应该经公司董事会表决通过才能解除我的职务。”

“您和王元美过去的关系可以说是情同手足。”杨虹用她那刚够得上水灵的眼睛直视着祝置城说，“我在上大学时就在报上看过一篇关于您和王元美创业的报道，其中一个情节给我印象特深，说您在创业时埋头发明五脏磁疗仪，有一次您六天六夜没出屋，是王元美将饭菜给您送进屋里。一天您的儿子被汽车撞了，您的妻子将电话打到公司，王元美叫您去医院，您说实验快成功了不能停下来，后来是王元美替您去医院看您儿子。医生说您儿子需要输血，王元美说他是O型血，二话没说就给您儿子输血。就在这时，您的五脏磁疗仪实验成功了。今天，当您和王元美之间的关系到了你死我活的地步时，您怎么看待你们的过去？您觉得遗憾吗？”

祝置城想了想，说：“我和王元美是有过密切合作的过去，曾有媒体称我俩创办旷达公司是珠联璧合的典范，我不否认。遗憾的是，当王元美意识到我对旷达已经没用时，就想一脚把我踢开。这使我认识到他的品质的本质。”

杨虹迟疑了一下，问：“对不起，恕我直言，当旷达集团的业务与您的专长背离时，您觉得您对旷达的发展能起的作用还有多大？”

“我并非只懂专业不懂管理……”祝置城说。

彭博插话：“祝总学完了MBA的全部课程，还去英国剑桥大学做过访问学者，该校一位著名经济学家高度评价祝总一篇论述企业管理的论文。”

祝置城继续说：“我举个例子。去年，王元美决定在郊区投资兴建一座住宅区，我反对。反对的理由是如今内需不旺，盲目扩大房地产投资会使旷达被套牢，造成灾难性后果。王元美不听，结果那项投资至今不明朗，生死未卜。再有，王元美在用人上是任人唯亲，谁听他的他重用谁，而不是谁有本事重用谁，这严重阻碍了企业的发展。”

艾记者问：“王元美解除了您的总工职务，您准备怎么办？”

祝置城说：“首先是不接受。我要求旷达召开董事会会议表决。如果超过半数的董事同意解除我的职务，我就接受。同时，我希望诸位通过媒体从道义上谴责王元美这种过河拆桥的卑劣行为。”

彭博的手机响了，他到外面去接电话。他回来时脸上出现了喜悦的表情，和祝置城耳语。

祝置城对记者们说：“刚刚得到消息，王元美解除我的职务一事已经影响了股市，旷达的股票下跌。事实证明，王元美泄私愤不顾公司的利益。这样的人不适合担任上市公司的总裁，他会损害股民的利益。我将考虑要求旷达董事会解除王元美的总裁职务。”

有的记者脸上现出兴奋，个别记者喜欢企业内部展开这样的拳击赛。读者爱看这样的新闻，报纸的发行量会上升，记者亦会从中渔利。一举三得。

服务小姐进来说饭准备好了。

“咱们一边吃一边谈。”彭博殷勤地对记者们说，“就在隔壁。”

八个人围坐在中间带旋转台的餐桌旁，服务小姐将玻璃杯中插着的造型漂亮的挺括餐巾无情地抖乱，再有情地呵护在每位客人的膝盖上，仿佛客人都是一吃就满世界洒饭菜的学龄前儿童。

一位戴白色高帽子的厨子将活鱼活虾活王八囚禁在一个桶里，拿给客人们验明正身，以证实它们现在存活，进而让客人获得宣判它们死刑的快感。客人是主宰它们生命的上帝，让它们死它们不能不死，死了还要吃掉它们。每当这样的场合，祝置城都会有一个奇怪的念头：为什么从来没人在这千钧一发的时刻站出来大喊刀下留“人”挽救一个生命？她或他可以说：“我要放生这条鱼！”如果有人这样做，别人会怎么说？虚伪？做作？表现自己的与众不同？兜售自己廉价的善良？人确实是地球上最不能想怎么着就怎么着的动物。甚至连想都不想。

祝置城清楚，新闻发布会到了用餐的时候，是新闻发布者与记者沟通感情的机会，此时的话题要轻松，最好带有家庭色彩。不同媒体的记者互相碰面也大都是在新闻发布会上，用餐时，也是他们彼此交流联谊的时机。三年前，有两位异性记者就是在旷达公司的新闻发布会饭局上结识的，两个月后，他们结婚时还特意请王元美和祝置城参加，婚宴的费用是由王元美开的支票结的账。尽管如今那对记者已各自离异两次，但这件事给祝置城留下的印象比较深刻。

“老田，上路没问题了吧？”祝置城问坐在他身边的田记者。

田记者今年初刚考了汽车驾驶证，有了本子后没有车，祝置城将公司的一辆车提供给他练习上路，还由林杰陪练了两天。

田记者喝了口茶，说：“开车就是熟练工，在驾校学的根本没用，一上路，全不是那么回事。”

“跟从学校毕业后参加工作的感觉一样。”艾记者说。

彭博离开餐桌，到走廊向服务小姐要了五个信封，再到隔壁的会议室关上门往每个信封里装等量钞票。

餐桌上依旧是谈笑风生。

林杰只听不说话，虽然这几位记者都接送过，但以他的身份，在这样的场合，别人不问他，他的声带是不可以出声的。在社交场合，谈笑风生是身份和地位的标志。有了身份和地位后依然寡言少语的人，大都非同小可。

山珍海味鱼贯登场。服务小姐一边上菜一边介绍菜名。

“其实祝总完全可以写本书，准有销路。”杨虹一边徒手用优雅的动作将一只丰满美丽的红虾扒得一丝不挂一边说。

“没错。”田记者捷足先登已将一只被他的筷子挟持的裸虾按入酱油里反复浸泡，“以祝总的这段经历，出书最少印十万册。”

“十万可打不住。”嘴角挂着油渍的艾记者说。

“我的笔杆子不行。”祝置城说。

“如今出书的名人，甭管是明星还是企业家，有几本是他们自己写的？都是他们口述，再由三流作者捉刀代笔。祝总如果有意，我可以替您推荐。”李记者说。

“祝总不需要。”杨虹觉得李记者说话直率了些，“我拜读过祝总的文章，很有特点。”

“从来没写过书的人，一旦写书，更有可能获得出人意料的成功。”田记者说，“美国有个人，他的隔壁住了个百万富翁，他无意中写了本《隔壁的百万富翁》，结果成了畅销书。作者因此成为百万富翁。最近他又写了本《百万富翁的智慧》，再次成为畅销书。”

祝置城说：“我写一本《隔壁的穷人》，准畅销。我就写隔壁的穷人行动有多自由，孩子可以自由自在地到处玩，不用担心被绑架。大人不用为遗产税死不瞑目。没钱了有政府从富人口袋里征税救济他们。不会经历别人借钱不想给还得编造理由的尴尬……”

众记者一愣，都意识到这是一本畅销书的选题。如今富人越来越多。富人发迹后，最爱看描写穷人的书，好忆苦思甜。

“祝总写《隔壁的穷人》吧，我给您炒作。”杨虹说。

“您要不写，我们可就当仁不让了。”田记者半开玩笑半当真地说。

“你们写吧，出书后，请我吃顿饭就行。”祝置城笑着说，“当然要放在写我的报道之后写。”

“我们离开这儿就赶回报社写您。”杨虹说，“明天见报。标题我都想好了——《旷达集团狼烟四起，总裁总工分庭抗礼》，怎么样？”

“我已经被炒了，谈不上分庭抗礼了吧？”祝置城说。

“您不是准备要求董事会罢免王元美吗？斗争刚刚开始呀！”杨虹敬了祝置城一杯酒，“我提议为祝总的东山再起干杯！”

大家喝。

“我的标题是《爆炸新闻：旷达集团总裁王元美炒总工祝置城鱿鱼，昔日战友今日反目为仇，是卸磨杀驴还是……》。”李记者说。

“你们……听我……的标题，”艾记者喝得脸红脖子粗，“《王元美：先给同伴儿子输血，再断同伴后路。祝置城有话要说！》。”

大家喝彩。

“我的题目是《祝置城：〈隔壁的穷人〉尚未动笔，自己已成穷人。请看旷达高层内讧真相》。”任记者说。

“谢谢你们！”祝置城拿起酒杯的同时看了彭博一眼，“为我们多年的友谊和合作，干杯。”

彭博看众人喝干后，心领神会地适时将装有贿金的信封递给祝置城。

祝置城一边向记者分发信封一边说：“区区交通费，请各位笑纳。”

记者们颇具绅士风度地接过信封，再用令人不易察觉的动作和速度将信封收起。

酒足饭饱的李记者对祝置城说：“如果祝总没有别的事，我就回去写稿子了，明天争取上头版。”

“我也回去了。我得先和版面编辑打招呼，让他留出版面。”艾记者站起来。

祝置城指着漂浮着甲鱼肉的盆对记者们说：“把这些甲鱼汤都喝了再走，这是大补的。”

艾记者拿餐巾擦嘴：“不缺不缺，我们肚子里什么都有。我一吃甲鱼肉就塞牙。”

田记者拿勺子给大家分盆里的甲鱼汤：“咱们听祝总的，喝光甲鱼汤，这也算充分爱护动物嘛。”

灌足甲鱼汤后，记者们向祝置城告辞。杨虹去卫生间。她有意最后走。

房间里只剩祝置城、彭博和林杰了。

祝置城指着餐桌上剩余的众多饭菜对林杰说：“你让服务员打包。你拿回家。”

林杰招呼服务小姐打包。服务小姐拿来一摞一次性饭盒，将喧宾夺主的剩菜分门别类装进饭盒。

林杰指着装有饭盒的塑料袋对彭博说：“彭博，你拿回家吧。”

彭博说：“那我就不客气了，上次是你拿的。”

杨虹从卫生间出来，走进小餐厅。

“杨小姐忘了东西？”祝置城见杨虹又回来了，问她。

杨虹说：“祝总，您得帮我个忙。”

祝置城问：“什么事？”

“上个月我去郊区采访，正赶上旅游高峰，买不到回城的车票，只得在度假村滞留了几天。住宿费我们报社不能报销，我们记者又是工薪阶层，您看能不能帮我报了？”杨虹冲祝置城露出迷人的笑容。

“多少钱？”祝置城问。

“不多，两千元。”杨虹又补充了一句分量较重的话，“我一共有两张，刚才王元美给我报了一张。”

“没问题。”祝置城对彭博说，“你给杨小姐钱。”

彭博点出两千元，给杨虹。

杨虹又用那种不易察觉的动作收起钱，打开自己的包找发票。

“我放在哪儿了？”杨虹自言自语。

“找不到就算了。”祝置城说，“反正你给了我，我也不能拿到财务部去报销了。我已经不是旷达的人了。”

杨虹赶紧下台阶停止找发票，说：“祝总放心，我会尽力写好这篇报道，还您公正。”

杨虹走后，彭博对祝置城说：“我估计她根本就没有那张发票。”

“也许有，她留着还能再报销一次。”祝置城说。

“我将来一定让我儿子当记者。”彭博说。

“等你儿子当记者时，就规范了。”祝置城说，“到那时，记者找采访对象报一次发票，恐怕饭碗就砸了。”

服务小姐收拾餐桌上的残局。

“我们还能使用会议室吗？”祝置城问服务员小姐。

服务小姐看看墙上的表，说：“还能使用二十五分钟。”

“咱们去会议室商量商量下一步的行动。”祝置城对彭博和林杰说。

第三章　家庭会议

三人在会议室落座后，祝置城对彭博和林杰说：“感谢你们在我身处逆境时还追随我。”

祝置城过去对彭博和林杰说话时，都是使用居高临下的口气，听到祝置城换了平等的口吻和他们说话，彭博和林杰都有悲凉的感受。

彭博说：“祝总，我和您是一荣俱荣一损俱损的关系，咱们能斗过王元美。”

林杰说：“祝总，我对您恢复职务有信心。退一万步，就算回不去了，您还可以重新创业，我跟您干。”

祝置城抑制不住鼻子发酸，好像头一次领略真情。

“谢谢，谢谢。”祝置城说，“你们说，咱们下一步应该怎么办？”

“明天媒体公开旷达内讧后，旷达股票肯定会大幅度下跌。”彭博说，“这时，您以董事身份要求召开董事会会议，虽然王元美身兼董事长，但在七名董事中，起码有三人和您关系不错。加上您本人的一票，就过半数了。关键是您要在开董事会会议之前找那三位董事做工作。我搜集了王元美的一些罪证，可供您在董事会上向他发难。”

彭博从包中拿出一个本子递给祝置城，祝置城一边看一边点头。

彭博补充说："如果董事会表决时咱们失败了，咱们就斥巨资通过媒体搞臭旷达，弄垮它。"

林杰说："我觉得咱们的目的就是让祝总回旷达继续担任总工。旷达是祝总的心血，不能轻易毁它。"

祝置城点头。

"就算祝总官复原职，怎么和王元美相处？"彭博说，"祝总和王元美的斗争是你死我活性质的。"

祝置城说："彭博的话有道理，王元美这么整我，我很难再和他共事。我必须要求董事会罢免王元美的董事长和总裁职务。"

"最好的防守是进攻。"彭博赞成。

林杰不说话了。

"明天媒体披露后，你们注意搜集反应，包括股市。"祝置城布置任务，"我说服和我关系好的董事，然后请求开董事会会议，要求表决罢免王元美。"

彭博和林杰点头。

祝置城回家时，家里没动静。

"有人吗？"祝置城一边换鞋一边问。

祝置城的这套住房有一百八十平方米，五室二厅。

祝置城二十二岁的独子祝涛打开自己卧室的门，从里边探头出来说："老爸怎么这个时间回来了？我妈妈去附近超市买东西了。"

"就你自己？"祝置城问。

"婷婷也在。"祝涛关上自己的门。

魏婷婷是祝涛的恋人，两人相交已有三年多时间，目前已进入筹划结婚的阶段。祝涛是情重的人，爱魏婷婷爱得如醉如痴。

祝置城到厨房给自己冲了一杯咖啡，将咖啡放在工作室的桌上，一边喝一边看着窗外。他在思考怎么才能策反三位董事，反对王元美。

祝置城当年购置这套房子装修时，特意给自己留了一间工作室，这间房子里设备齐全，使得他完全可以在家里从事生物学研究和实验。

祝置城开始给三位董事逐个打电话，约时间见面。祝置城可以肯定这几位董事已经知道王元美炒他鱿鱼的事，此时他们如果同意和祝置城见面，基本可以说明他们的立场。

令祝置城感到鼓舞的是，三位董事爽快地答应和祝置城面谈，其中一位在家里恭候祝置城上门，另两位说在住处附近的宾馆咖啡厅见。

祝置城松了口气，这时，妻子邓加翔回来了。

邓加翔是中学教师，自从祝置城创办旷达公司成功后，就在祝置城的动员下辞职回家，当专职太太。

邓加翔看见了鞋架上祝置城的鞋，说："置城，你怎么回来了？"

祝置城在工作室说："加翔，你来一下。"

邓加翔将手中的鸡鸭鱼肉放在厨房的操作台上，洗手后走进祝置城的工作室。

"你让祝涛和婷婷去客厅，我有话对你们说。"祝置城看邓加翔的眼光和平时不同。

"出什么事了？"邓加翔不安地问。

祝置城说："一起说吧。我很累。"

邓加翔迟疑了一下，问："叫上婷婷？"

"叫上吧，魏婷婷肯定是咱们家的一员了。"祝置城挥挥手说。

邓加翔去敲祝涛卧室的门。

"小涛，你爸叫你们出来有事。"邓加翔隔着门对儿子祝涛说。

“包括婷婷？”祝涛问。

“对。快点儿。”邓加翔催促道。

四个人分东西南北坐在真皮沙发上，邓加翔、祝涛和魏婷婷都看祝置城。魏婷婷抱着南希，南希是祝置城家养的猫。

“有件事，我必须让你们知道。”祝置城语气凝重，“在今天上午旷达公司的高层例会上，王元美突然宣布解除我的职务。”

邓加翔的脸色立刻煞白：“这……是真……的？”

祝置城点头。

祝涛皱眉头：“王叔叔怎么会这样？”

祝置城说：“人是会变的。”

魏婷婷下意识看自己手腕上价值一万元的手表，那是两年前王元美恭贺她和祝涛确立关系时送她的。

“您离开旷达公司了？”魏婷婷不安地问祝置城。

“可以说是下岗了。”祝置城叹了口气。他使用了这个中国特色的词汇形容自己被炒鱿鱼。

“下岗的人有两种，特没本事的和特有本事的。”祝涛给下岗的人定性。

魏婷婷说：“您为旷达挣了那么多钱，他们让您走，得给您赔偿金！”

“没给什么钱。”祝置城说。

“这就是……说……”邓加翔像是喃喃自语，“从今天起……咱们家……没有经济收入了？”

“如果我回旷达的努力失败了，是这样。”祝置城说，“旷达公司尚未实行员工配股，我没有股票期权。”

“您怎么努力回去？”祝涛问。

祝置城说：“建议召开董事会会议，要求罢免王元美。”

邓加翔问："理由？"

"王元美不适合担任董事长和总裁。他独断专行，任人唯亲，影响公司的发展。"祝置城说。

"这些理由对民营企业的总裁来说，似乎……"祝涛欲言又止。

"彭博手里有王元美的罪证。"祝置城说。

"我觉得彭博成事不足败事有余。"祝涛说，"他特爱挑事，在您和王叔叔的关系上，彭博没起好作用。"

祝置城瞪了祝涛一眼："王元美没白给你输血。"

"您这是什么话？"祝涛不满父亲的话。

"小涛！"邓加翔制止祝涛。

祝置城说："我有自己的判断力，不会被秘书左右。拿今天王元美对我的突然袭击来看，这人的品质就有问题。有这么对待昔日的创业伙伴的吗？"

祝涛说："您有些事做得也不妥，比如举报旷达骗取出口退税的事，还有……"

"小涛！"邓加翔喝断儿子的话。

"那也是让王元美逼的。"祝置城说。

魏婷婷问祝置城："您回旷达的希望有多大？"

祝置城说："百分之六十。"

"媒体会报道吧？"邓加翔问丈夫。

"王元美在解除我的职务后立刻就开了新闻发布会。我也开了。明天媒体会有报道。"

祝涛和魏婷婷对视。他俩在同一所大学读大四，祝涛在校园属于名人之子。媒体炒作祝置城被解职后，祝涛肯定会面临窘境。

"不管你做什么，我们都支持你！"邓加翔向丈夫表态后看儿子。

“我……也是。”祝涛虽然对父亲在旷达的一些做法持保留态度，但他清楚此时父亲需要家人的支持。

“你呢？婷婷。”邓加翔问魏婷婷。

“当然。”魏婷婷赶紧说。

祝置城说：“谢谢你们。从今天起，咱们家花钱应该有节制，万一我没斗过王元美，咱们今后会有一段紧日子过。”

“其实咱家的存款够活的了。”祝涛看着妈妈说。

“按原先的高利率没问题，但以现在的利率水平，靠吃利息是不行了。得动老本。”邓加翔说。

“我计划买的笔记本电脑先不买了。”祝涛说，“婷婷，你想买的新款手机是不是也缓缓？”

“……行……”婷婷有点儿勉强。

“大难之后必有后福。”邓加翔突然兴奋起来，意识到自己在家中扮演重要角色的机会来了。

危难之中方显英雄本色，大都体现在男人身后的那个女人身上。

“咱们不怕，你的名字就是无形资产。”邓加翔对祝置城说，“你再创业比一般人容易多了。”

“这倒是。”祝涛同意妈妈的话，“其实旷达也没什么意思了，不如重新创业。”

魏婷婷说：“伯父就这么离开旷达太可惜。即使走，旷达也得向伯父支付巨额赔偿金。”

“不完全是钱的事。”邓加翔说，“咱们一定能渡过这一关，天无绝人之路。”

祝置城对邓加翔说：“你早点儿做晚饭，我六点走，去见几位董事。”

第四章　游说

祝置城打电话让彭博将写有王元美“罪状”的本子送来。他仔细看了一遍。

祝置城对彭博说：“不错，王元美这些事会对咱们有很大帮助。”

彭博脸上露出了笑容：“我搜集这些可费了劲儿，王元美很善于掩饰自己。”

祝置城按约定的时间准时敲响了旷达公司董事王阳夏住所的门。王阳夏热情地请祝置城进屋。

王妻正在餐厅收拾餐具，和祝置城打招呼。

王阳夏给祝置城倒了杯水。

祝置城开门见山：“老王，你听说了吧？”

“怎么会闹成这个样子？”王阳夏说，“中午元美给我打了电话。”

“王元美这么做太伤感情了。”祝置城长叹了口气，“我要求召开董事会会议。”

“老祝，这是你的权利。”王阳夏说，“开董事会会议的议题是什么？”

“我要求董事会表决罢免王元美的董事长和总裁职务。”祝置城说完看王阳夏的反应。

“理由？”王阳夏问。

“王元美不适合担任董事长和总裁的职务。他在旷达飞扬跋扈，”祝置城看着王阳夏说，“他的生活作风也不严肃。据说他有两个情妇。”

“据说？”王阳夏说。

祝置城从彭博的本子里拿出两张照片递给王阳夏，说：“就是这两个人。”

王阳夏没看照片，说：“这是人家的隐私，和公司没关系吧？”

“王元美花公司的钱送她们出国旅游，怎么没关系？”祝置城拿出机票复印件给王阳夏看。

王阳夏仔细看机票。

祝置城看到王阳夏皱眉头。

“像这样的事，王元美还有不少。”祝置城拍拍手中的本子，“我不能看着王元美毁了旷达。”

“你想什么时间开董事会会议？”王阳夏问。

“最迟后天，拖的时间越长，给公司造成的损失越大，今天上午王元美宣布解除我的职务后才一个小时，旷达的股票就下跌了。”

“这事是必须尽快解决，我同意后天上午开董事会会议。”王阳夏一边将手中的机票还给祝置城一边说。

“希望你能支持我。”祝置城说。

“你放心，我会维护旷达的利益。”王阳夏站起来说，“你肯定很忙，我就不留你了。”

祝置城走到门口时还不放心，对王阳夏说：“咱们是二十年的老关系了，现在我遇到了困难，希望你一定帮助。”

王阳夏点头，说：“老祝，遇事要想开一些，车到山前必有路。”

“说是这么说，真碰上了，谁都会生气。”祝置城向王阳夏告辞。

祝置城和等候在外边的彭博会合。彭博询问情况，祝置城说多亏了你提供的机票复印件。彭博很得意。

“王阳夏明确表态支持咱们？”彭博问。

“我觉得是。他同意后天上午召开董事会会议。”祝置城说，“你跟我去沿河饭店，在咖啡厅分别见梁晓丹和刘国柱。你还在外边等我。”

彭博挥手招呼了一辆出租车。

祝置城赶到沿河饭店咖啡厅时，梁晓丹已经到了。咖啡厅里几乎没人，梁晓丹孤零零地坐在那里看报纸。

“对不起，让你久等了。”祝置城说。

“是我早到了。”梁晓丹放下报纸。

“你喝什么？”祝置城问。

“咖啡。”

祝置城对服务员说来两杯咖啡。

梁晓丹和祝置城有共同的爱好：钓鱼。他俩经常一起钓鱼，时间一长，自然建立了私人感情。

“王元美找过你了吧？”祝置城一边用小勺搅和咖啡一边问。

“没有啊。”梁晓丹往咖啡里放糖。

“你不知道王元美解除我职务的事？”

“不知道，怎么回事？”

祝置城叙述一遍。

梁晓丹叹了口气，没说话。他低下头只顾搅拌自己咖啡中的糖。

“你说王元美有权力解除我的职务吗？”祝置城感到梁晓丹态

度暧昧，试探性地问。

“按说他是总裁，又是董事长，应该有这个权力，但是……”

“但是我是旷达的创始人。”祝置城接过梁晓丹的话，“最起码的，解除我的职务也要提前和我打招呼吧,《中华人民共和国劳动法》上有这样的条款。”

梁晓丹点头。

“你准备怎么办？”梁晓丹问。

“建议后天上午召开董事会会议，表决罢免王元美的董事长和总裁职务。”

梁晓丹一愣。

“王阳夏已经同意后天上午开会了。他支持我的提议。”祝置城说。

“我也觉得有必要开董事会会议。”

“谢谢你。”

“罢免王元美后，谁出任旷达的董事长和总裁？”

“我。”

“……”

“我完全有能力管理旷达。当初就是我创办旷达的，没有我，就没有旷达公司。”

“如今旷达是上市公司，大家要对股东的利益负责。”梁晓丹提醒祝置城。

“我担任总裁就是对股东的利益不负责？”祝置城激动起来。

“我不是这个意思……”

“王元美根本不适合担任旷达的总裁，说他是独裁还差不多。”祝置城愤愤地说，“什么都是他对，别人都是错的，这么办公司，怎么能保证股东的利益？”

“比尔·盖茨在微软就很独裁。”

“他不是下台了吗？”

“不是因为独裁下台的。”

“你好像很欣赏王元美的管理才能？”

“不是我欣赏王元美，是身为董事，我要为股东着想。谁能为公司创造最大利益就让谁当总裁。”

祝置城将彭博搜集的王元美为非作歹的证据告诉梁晓丹。

“旷达的问题是该解决了。”梁晓丹将咖啡一饮而尽，像是喝酒。

“如果我当总裁，会给每位董事配备一个司机。”祝置城知道梁晓丹早想拥有属于自己的专职司机。

梁晓丹眼睛一亮。

“投我的票吧，你不会后悔的。”祝置城看见了曙光，“股东的利益会得到最大的保证，起码我不会拿股东的血汗钱给情人报销飞机票。”

“我支持你。”梁晓丹终于表态。

祝置城隔着桌子和梁晓丹握手。

梁晓丹走后不久，刘国柱就来了。祝置城再次极力游说，刘国柱洗耳恭听。刘国柱不爱说话，祝置城和沉默寡言的人打交道时着急，你说你的，他一声不吭。不过祝置城对刘国柱有信心，三年前，刘国柱的母亲患心脏病需要动手术换瓣膜，急需十五万元钱。刘国柱向王元美借，王元美没借。刘国柱又向祝置城借，祝置城二话没说借给刘国柱十五万元。

祝置城历数完王元美的罪状后，将自己要求开董事会会议的想法告诉刘国柱。

刘国柱沉思。

“令堂的身体怎么样？”祝置城转移话题，提醒刘国柱别忘了王元美当初对其母见死不救。

“挺好。”刘国柱说。

祝置城没话说了，一边慢饮一边等刘国柱开口。

刘国柱继续沉默了约十分钟，终于开口了：

“和气生财。”

祝置城说：“没错，这道理谁都懂，但王元美不和气，我有什么办法？”

“成功了分手是规律。”

“那也不能这么分手。”祝置城说，“这不叫分手，叫扫地出门。”

“开吧。”

“我希望你支持我。”

“会的。”

“令堂的身体有什么事，你尽管说。”祝置城站起来，“我就不耽误你的时间了。”

刘国柱点头。

祝置城和刘国柱分手后，又同彭博商量了一会儿。祝置城叮嘱彭博注意明天媒体的情况。

这天夜里，祝置城彻夜失眠。邓加翔劝祝置城吃片安定，祝置城不吃，就这么瞪着眼睛恶躺了一夜。邓加翔陪躺。

第五章　董事会表决

祝置城的钱没白花。第二天，各大报猛炒作旷达集团内讧的新闻，表面看记者们大都持中立立场，明眼人从字里行间能看出较多记者同情祝置城。当然也有偏袒王元美的，有一家报纸甚至说祝置城是自找没趣。

下午，彭博和林杰将搜集的报纸拿到祝置城家，祝置城一张一张仔细看。

“艾记者的文章最有分量。”彭博说。

“杨虹比较滑头，说的都是模棱两可的话。”林杰对祝置城说。

“旷达的股票怎么样？”祝置城问彭博。

“媒体报道王元美解除您的职务后，可以说是暴跌。”彭博兴奋地说。

“在明天的董事会会议上，咱们很有把握获胜。”祝置城脸上有了笑容。

门铃响了，邓加翔开门。

“请问这是祝置城先生的家吗？”一位小伙子站在门外问邓加翔。

“您是？”邓加翔没有回答他的问题，反问他。

“我是报社记者，想采访祝置城先生。”小伙子掏出记者证给邓加翔看。

“您稍等。”邓加翔进屋请示祝置城。

“快请他进来，今后凡是记者，一概见。”祝置城对邓加翔说。

“主动找上门来的记者不用给交通费吧？”彭博问祝置城。

“不用。”祝置城说。

祝置城对该记者侃侃而谈，有问必答。小伙子记者刚走，又来两位女记者。

一下午，祝置城守株待兔在家接待了七位记者，说得他口干舌燥。

次日上午九点，旷达公司董事会会议在旷达大厦召开。很多记者赶来采访，总裁助理贺学兵在会议室门口拦住想进入会议室的记者。

“贵公司应该让记者旁听这次董事会会议。”一位记者高声要求道。

“这不可能，任何公司的董事会会议都不可能让记者参加。”贺学兵说，“请诸位谅解。”

“完全可以让记者参加嘛。怕什么？”祝置城在会议室里冲着贺学兵说。

“还是别让记者参加吧。”王阳夏看了一眼王元美，小声对祝置城说。

梁晓丹也对祝置城说别让记者参加董事会会议。

祝置城不再坚持了。

见六位董事都坐好了，王元美挥手示意门口的贺学兵关上门。

王元美说：“祝置城董事建议开董事会会议，现在就请他发言。”

祝置城说：“众所周知，我是旷达公司的创始人。我研制的产品为旷达公司创造了巨额利润。而在前天上午，王元美竟然在事先不打招呼的情况下突然解除我的职务，他这么做，给旷达公司造成了恶劣影响，甚至使得旷达公司的股票大幅度下跌，给旷达造成了巨大损失。”

祝置城停顿了一下，给董事们思考的时间。

“王元美作为旷达公司的总裁，我认为他已经不称职了。”祝置城说，“王元美听不进任何不同意见，旷达的所有事都是他一个人说了算。他还背着大家做了很多见不得人的事，比如……”

祝置城打开本子，将彭博搜集的王元美的材料向董事们逐一公布。

在这期间，王元美的眼睛始终看着祝置城的嘴，脸上是显而易见的蔑视表情。

祝置城最后说：“鉴于王元美的所作所为，我认为他已经不适合担任旷达公司的董事长和总裁职务，建议董事会通过表决罢免他的董事长和总裁职务。”

王元美问祝置城：“你说完了？”

祝置城矜持地点头。

“我说几句。”王元美喝了口水，“不错，祝置城先生是旷达公司的创始人之一。”

王元美加重了“之一”两个字的发音。

“他开发的几个产品也确实为旷达公司创造了可观的利润。”王元美环视与会者，“但是，在旷达公司的业务转型后，祝置城先生没有了先前的优势，他本应配合我共同把公司的事做好，遗憾的是，他开始无事生非，先是试图插手公司的管理，当由于他的一次错误的任免决定导致旷达九名技术骨干集体跳槽后，我不得不做出了不许祝先生再插手公司管理的决定。从这以后，他就开始给公司捣乱……”

“你说话要有证据。”祝置城打断王元美的话。

“去年三月二十七日，你有意向股市透风，造谣旷达公司资不抵债，结果导致旷达股票下跌，严重影响了旷达的资金运转。”

“你这是诽谤。”祝置城说。

“你是通过彭博向南环证券交易所的李名丛传播的，我这里有李先生的证明录音。”王元美打开录音笔。

李名丛的话证实了王元美的说法，证实得很详细，几乎精确到彭博的哪句话是哪天哪秒说的。

董事们吃惊地看着祝置城。

“这正说明你不善于团结公司内部。”祝置城只能靠强词夺理反驳王元美。

王元美开始历数祝置城近年来在旷达公司的劣迹，然后一一驳斥祝置城对他的攻击。

最后，王元美说：“我同意祝置城先生的建议，董事会今天通过表决来决定我是否继续担任旷达公司的董事长和总裁职务。如果今天董事会多数董事决定撤销我的职务，我无条件坚决服从。”

“现在开始表决。”祝置城说，“同意解除王元美先生董事长和总裁职务的请举手。”

祝置城说完举起了手。他开始清点票数。

祝置城不相信自己的眼睛，除了他的手，没有第二只手升到空中。

祝置城看王阳夏，王阳夏直视前方。他显然在有意回避祝置城质询的目光。

祝置城再看梁晓丹，梁晓丹只顾埋头喝水。祝置城固执地一定要等梁晓丹喝完水再和他对视，就这么一直看着梁晓丹。祝置城注意到梁晓丹的水杯里已经没水了，可梁晓丹依然喝个不停，空无一物的水杯锁定了梁晓丹的目光，使得祝置城的目光插不进去。

祝置城终于明白倘若一直这么等下去，梁晓丹会把水杯喝进肚子里。

祝置城扭头看坐在他身边的刘国柱，刘国柱还算讲义气，没有回避祝置城的目光，看着祝置城叹了口气。

祝置城的手还举在空中，他知道自己迟早得将自己的手返航着陆，但他不甘心，就这么一直尴尬地高举着自己孤立无援的手。

会议室里静得出奇，没人说话。祝置城清晰地听见王元美的心脏在笑。这是祝置城头一次听见别人的心脏发出笑声：冠状动脉欢快地拍打着血液，二尖瓣关闭时发出抑扬顿挫的得意声响。

二十分钟过去了，祝置城的手臂开始和他的心一起凄凉地颤抖，他强忍住眼泪。

刘国柱无言地伸手将祝置城的手拉了下来。

祝置城感到自己是一头被戏弄的困兽。他咬紧下嘴唇，控制自己不歇斯底里。

王元美说："一票对六票，祝置城董事关于罢免我的职务的提议没有获得董事会通过。"

一位董事鼓掌，被王元美用目光制止了。

"现在我提议，"王元美逼视祝置城，"解除祝置城先生旷达公司总工程师和董事的职务，同意的请举手。"

有四位与会者举起了手，其中包括王阳夏。刘国柱和梁晓丹没举手。

"四票对三票，通过。"王元美宣布，"从现在起，祝置城先生不再是旷达公司的董事和总工程师了。"

"阴谋！这是阴谋！"祝置城大喊，"王元美，你绝没有好下场！你忘恩负义！"

“如果诸位董事没有别的事了，散会！”王元美站起来宣布。

五位董事站起来准备走，只有刘国柱陪祝置城坐着。

祝置城对经过他身后的王阳夏说：“小人。”

王阳夏没理祝置城。

记者们蜂拥进会议室。

“请问董事会是怎么决定的？”记者们异口同声提一个问题。

“解除祝置城的总工程师和董事职务。”王元美告诉记者们。

“你认为这个决定有利于旷达公司的发展吗？”

“非常有利！”王元美说。

记者们涌到祝置城身边。

“请问祝先生，您被旷达董事会解除职务后，准备怎么办？”有记者问。

众多话筒伸到祝置城嘴边。

祝置城沉默。

“请问祝先生，能说说您现在的感受吗？”又一位记者问祝置城。

刘国柱小声对祝置城说：“走吧？”

祝置城绷着脸不理他。

彭博和林杰进来，他俩分开记者，护送祝置城离开会议室。记者们不依不饶地追着提问题。

走出旷达大厦时，祝置城抬头看大厦，几乎每扇窗户里都有人头在往下看他。

“我一定会回来的……”祝置城说这话时底气不足。

这回，连彭博和林杰都不信祝置城的话了。他俩清楚，董事会的决议对一个企业意味着什么。

第六章　好马要吃回头草

各家媒体争先恐后地报道了祝置城被旷达公司董事会炒鱿鱼的消息。最令祝置城痛心疾首的是，旷达公司的股票因此迅速飙升。

祝置城一天没有吃饭。来访的记者一概被邓加翔拒之门外。

“置城，无论如何，你得吃一点儿东西。”邓加翔劝祝置城，“留得青山在，不怕没柴烧。”

“你帮我打电话叫彭博和林杰来。”祝置城说。

见邓加翔不动，祝置城催她。

“我怕彭博来了你又生气。”邓加翔有顾虑。

“最后一次了，你快打电话吧。”祝置城说。

邓加翔给彭博和林杰分别打电话，说祝置城请他们来一趟。

林杰很快就来了。彭博姗姗来迟。

“堵车，真对不起。”彭博找借口。

祝置城苦笑了一下，示意彭博和林杰并排坐在他对面的沙发上。

“你们跟了我这么些年，我没能给你们创造什么机会，反而让你们丢了饭碗。我问心有愧。”祝置城凄凉地说。

“祝总不能这么说。”林杰说，“在世上做事，总会遇到困难。”

彭博没说话。他伸手逗南希玩，南希跳上彭博的膝头撒娇。

“我已经什么都不是了，不能再耽误你们了。”祝置城从茶几下边拿出两个较大的纸包，“你们自己去创业吧，或者拿这笔资金当生活费。每人十万元。”

“舅舅……”彭博欲言又止。

“拿着吧。”祝置城以为彭博要谢绝。

“舅舅，我想创办一家自己的企业，我需要十五万元启动资金。”彭博说。

“……给你增加五万元。”祝置城迟疑了一下后，对彭博说。

“祝总，我不需要十万元，您现在最需要钱。从我的那份中拿出五万元给彭博就行了。”林杰说，“我去开出租车，有五万元够了，我家还有积蓄。”

“这不行！”祝置城对林杰说，“你的十万元一分钱不能少。”

林杰坚决从自己的一份中拿出五万元放在彭博的纸包上，对祝置城说：“祝总，我如果拿这十万，属于无功受禄，会睡不着觉的。再说了，彭博这些年跟着您，付出的比我多多了，我不能和他拿一样的，请您一定同意。”

祝置城情不自禁地握住林杰的手，不说话，光点头。

“如果舅舅没事了，我就走了。”彭博收起钱，对祝置城说。

“我也走了。”林杰说。

“各奔前程吧……”祝置城知道什么叫树倒猢狲散了。他假装打哈欠掩盖眼角的泪珠。

林杰对邓加翔说：“您家中往后有什么力气活，一定打电话叫我。”

“我会的。谢谢你，小林。”邓加翔极力控制住自己现在不哭。

林杰和彭博走后，邓加翔对祝置城说：“林杰是金子，彭博不是。”

“不要说我们家的人坏话。”祝置城站在窗前看楼下走出单元门的林杰和彭博。

见祝置城皱眉头，邓加翔赶紧到窗前往下看。只见彭博和林杰说着什么，林杰拿出两捆百元钞递给彭博，彭博给林杰写借条。

祝置城摇头。

“彭博像他爸爸。”祝置城自言自语。

祝置城的妹夫彭委为人贪婪，又惰性十足，祝置城对他有看法，当初彭委想靠祝置城的关系到旷达发展，被祝置城婉言谢绝了，彭博来旷达公司是祝置城和妹妹祝梅城折中平衡的结果。

目送着乘坐出租车远去的彭博和骑自行车走了的林杰，祝置城和邓加翔站在窗前半天没动窝儿。

“今后咱们怎么办？”邓加翔问丈夫。

“我不想再创办企业了，太累。”祝置城说，“何况我的专业如今也没了优势。”

“就这么待着？”邓加翔清楚祝置城是待不住的人，如果他没事做，就会经常发无名火，那将是全家的灾难。

“有句话，我想跟你说，可又不敢。”邓加翔小心翼翼地说。

“两口子，有什么不能说的？”祝置城坐下来，心里明白妻子要说什么。这正是他希望的。

邓加翔坐在祝置城对面，南希投其所好跳进她的怀中供其抚摸，以缓解交谈的压力。

“其实，我一直觉得……你和王元美之间没有根本的利益冲突……”邓加翔注意祝置城面部的反应，随时准备中止说话。

祝置城用目光鼓励邓加翔说下去。

“自从你和王元美闹翻后，你们之间缺少一个斡旋人，我觉得你们公司的人好像都在火上浇油。”邓加翔将手指插进南希的嘴里，“如果你能和王元美心平气和地坐在一起，说不定就和解了。”

“现在不可能了。”祝置城说。

“如果你同意，我这就去找王元美。我出面请他和你和解，怎么样？”

祝置城不吭气。

邓加翔看出祝置城默许了，只不过男人的自尊心不允许他直说同意。

“我中午就去？”邓加翔进入务实阶段。

祝置城出了口长气，没说话。

邓加翔知道祝置城批准了她的计划。她放下南希，去隔壁房间给王元美打电话。

邓加翔轻轻关上门，担心她同王元美的通话刺激祝置城。

邓加翔深呼吸后，开始往王元美的办公室打电话。

“你好，旷达公司总裁办公室。”一个甜美的女声出现在电话彼岸。

“我找王元美总裁。”邓加翔说。

“请问您是哪里？”小姐审查邓加翔有否和王总裁通电话的资格。

“我叫邓加翔。”

“请您稍等，我看看王总在不在。”小姐显然知道邓加翔是谁。

邓加翔拿着话筒等待。她甚至希望等的时间长一些，好能再有时间字斟句酌怎么和王元美措辞可以获得最佳效果。她知道自己声带的责任重大。

“我是王元美，嫂子你好。”王元美说。

“元美呀，我想见你一下，不知你有没有时间？”

“现在？”

“对。”

"我派车去接你。你在家？"

"不用接，我自己去。"

"去接。车马上就到，你在家等着就行了。"王元美挂上电话。

邓加翔将话筒放回到电话机上。她发现电话线拧着，就又拿起话筒将电话线拨乱反正。

邓加翔回到客厅对祝置城说："他派车来接我，我去他的办公室和他谈。"

"尊严第一。"祝置城面无表情地说。

"你放心，我不会卖国求荣。"邓加翔打开衣柜找衣服，"锅里有面条，你要吃饭。"

"我等你回来一起吃。"祝置城清楚妻子近日也陪着他饿肚子。

楼下有汽车按喇叭。从喇叭的音质，祝置城判断出是王元美的奔驰车。

"我去了。"邓加翔说。

祝置城点点头，那是只有邓加翔能看出的点头幅度。

邓加翔下楼时想，男人是最爱面子的动物，没有面子的男人肯定度日如年。邓加翔由此可怜自己的夫婿。

邓加翔走进王元美的办公室时，极力使自己保持不卑不亢的姿态。但她很难成功，因为王元美的办公室太豪华了，以至于邓加翔在跨进王元美的办公室时甚至下意识地看了自己的鞋一眼，颇有自惭形秽的味道。

王元美从硕大的办公桌后边站起来：

"嫂子，请坐。"

王元美指指位于办公室一角的沙发群。他按电铃叫秘书给邓加翔倒水。

邓加翔回想起当年祝置城和王元美在一间潮湿不堪的地下室里

创业时的场面，百感交集。

秘书给邓加翔上茶。秘书出去后，王元美坐在邓加翔对面的沙发上。他不说话，等邓加翔开口。

“元美，是置城让我来的，”邓加翔说事先准备好的话，“他很后悔，委托我向你道歉……”

“嫂子，肯定是你提出来我这儿的，他不会说这样的话，我还能不了解他？”王元美打断邓加翔的话，“说实话，我比你了解祝置城。”

邓加翔脸红了。

王元美的目光移向窗外，他注视着一个清洗大厦玻璃幕墙的工人，那人腰上系着安全带凌空作业。

“你知道祝置城的脾气，没有他的同意，我是不可能来你这儿的。”邓加翔说，“看在你们一起创业的分儿上，能再给他一次机会吗？我向你保证，他不会再给你和公司出难题了。”

“事情已经到了这一步，我还能怎么做？”王元美将目光从窗外的工人身上转移到昔日的嫂子脸上。

“恢复祝置城的职务，只是荣誉性的，他甚至可以不来上班。”邓加翔说这话时脸上火辣辣的。

标准的乞讨。

“他做不到这一点。”王元美肯定地说。

“我向你担保他能做到。如果他做不到，你再炒他。”邓加翔说。

王元美看着邓加翔，然后摇摇头说：“嫂子，旷达如今是上市公司，一切以股东的利益为第一。董事会投票时，多数董事同意解除祝置城的职务。这么跟你说吧，大家已经对这两年祝置城在旷达的所作所为烦透了，董事会决定解除祝置城职务那天，旷达的股票大幅度上升。如果我再让祝置城回来，旷达的股票肯定下跌。人们会觉得旷达公司摇摆不定，不牢靠。一旦投资者对旷达丧失信心，后果是什么就不用我说了，嫂子你比我清楚。”

“以你们俩昔日的关系，成功后翻脸，对旷达的声誉也不利吧？如果你们握手言和，这种道德无形资产对旷达公司来说是无价的。”

“我说一句不大合适的话，”王元美似乎又想收回去，但他还是说了，“商界以成败论英雄，不以情感论英雄。成功后分道扬镳的例子在商场上太司空见惯了。”

“我求你……希望你能给我这个面子……”邓加翔的眼泪夺眶而出。

王元美不为邓加翔的眼泪所动，说：“嫂子，请你体谅我的难处，我真的怕祝置城了。”

邓加翔摇摇头，迅速擦干泪水。

“好吧，算我没来过，打扰你了。”邓加翔离开沙发，感觉自己的神态肯定像英勇就义前的义士。

“我派车送你回家。”王元美说。

“不用了，我自己回去。”邓加翔说。

在旷达大厦门口，王元美的司机小谢追着邓加翔让她上车，说这是王总交代的任务。邓加翔坚持自己要了一辆出租车走了。奔驰车固执地跟在出租车后边完成送邓加翔的任务，一直跟到邓加翔家楼下才打道回府。

第七章　祸不单行

晚餐后，祝涛和同学在宿舍玩电脑，有同学告诉祝涛，魏婷婷在门口找他。

祝涛痴迷电脑游戏，说：“让她进来！”

“她让你出去。”同学说。

祝涛恋恋不舍地将手柄交给排队等候玩游戏的同学，到门口对魏婷婷说：“干吗不进来？我已经打败对手七次了，马上就要创我们宿舍的纪录了，被你给打断了。”

“我有事找你。”魏婷婷面无表情地说。

“出什么事了？”祝涛感觉魏婷婷异常。

“出去说吧。”魏婷婷转身往楼梯处走，好像身后没有祝涛似的。

走到宿舍楼外面，祝涛问：“咱们去咖啡厅？”

“就在这儿说吧。”魏婷婷在一棵岁数不小的树下站住。

“你怎么了？”祝涛问。

魏婷婷迟疑了一会儿，说：“祝涛，我想结束咱们的关系。”

“你说什么？”祝涛如遭五雷轰顶。

“分手。”

“为什么？”

“我决定考研究生。”魏婷婷说。

“考研究生就得分手？再说了，过去我说大学毕业后考研究生，你不同意。你还说应该先工作，先结婚，先把家安置好再考研不迟，怎么突然就变了？”祝涛死盯着魏婷婷。

“祝涛你别再说了，我已经决定了。”魏婷婷说。

“你必须告诉我真实理由。”祝涛拉住欲走的魏婷婷，“咱们已经快结婚了，怎么能说分手就分手呢？到底怎么了？”

魏婷婷说：“你放开我。”

祝涛拉得更紧了。

“婷婷，你一定是在开玩笑吧？”祝涛一厢情愿地往好处猜想。

“不是开玩笑。是真的。”魏婷婷挣脱开祝涛的手。

“你不爱我？”祝涛问。

“原来爱，现在不爱了。”

“为什么？”

“感觉不对了。”

“这么多年刚感觉不对？”

“祝涛，咱们这么多年了，”魏婷婷看着痛苦不堪的祝涛，索性说实话，“我也不瞒你了。虽然我说出实情后，你肯定瞧不起我，但起码我这人不说假话。”

祝涛盯着魏婷婷的嘴，等待她说原因。

“今天我让你知道一个真实的魏婷婷。”魏婷婷眼睛看着别处说，“我父母都是普通工人，从小给我印象最深的，就是我家的穷。上小学时，看到班上那些衣食无忧的同学，我很自卑，觉得有什么也不如有个好爸爸。从那时起，我就发誓这辈子要有钱。随着年龄的增长，我意识到我唯一的资本就是我的相貌。我决定拿这个资本待价而沽。我不像有的容貌好的女孩子那样靠出卖色相挣钱，我要靠明媒正娶嫁给有钱人过上好日子。”

祝涛呆呆地看着魏婷婷。林荫道上不时有同学走过，祝涛听到有经过他们的同学小声说那就是祝置城的儿子。

魏婷婷继续说："一般来说，和我年龄相当的男性不会有很多自己的钱，因此我只能找两种人：岁数大的成功人士和拥有成功爸爸的男孩子。在大学里，我相中了你。祝涛，说实话，如果你的爸爸不是祝置城，我不会找你。请你谅解，对我来说，婚姻是我唯一的致富机会，一次性的机会，就像一次性筷子那样，没有第二次。请问哪个百万富翁会和离异的穷女人结婚？"

祝涛知道魏婷婷为什么甩他了。

"由于你爸爸被旷达公司解除职务，我不得不做出和你分手的决定。我只有一次机会。请你原谅我，我穷怕了。"魏婷婷说。

祝涛万万没想到魏婷婷和他恋爱是看上了他爸爸的钱。在这些年的交往中，祝涛最欣赏的就是魏婷婷的不看重钱。

"你过去的行为和你现在说的不一样，你是编造理由。"祝涛还抱有希望。

"如果我当初表现出跟你是看重你爸爸的钱，你会要我吗？"魏婷婷说。

"你清楚，我是重感情的人，你这么做，对我的精神伤害太大了，如果有精神损失赔偿的话，最少是一个亿。"祝涛目光忧郁地说。

魏婷婷清楚，祝涛知道她的婚姻观后，是决不会再要她了。而祝涛对她的爱却不会说没就没，他会痛苦很长时间，甚至是终生，这种折磨是刻骨铭心的。

"谢谢你对我说实话，"祝涛黯然地说，"其实，你忽略了一种最宝贵的机会，这就是夫妻两个人一起创业成功。摘的桃子再好吃，是别人种的，别人说不让你吃，你就没机会再吃下一个了。只有自己种的桃子可以随心所欲地吃，还可以享受送给别人吃的乐趣。”

“成功率只有百分之零点一，我不能冒这个险。”魏婷婷看了天上的月亮一眼，说。

“你继续去找百万富翁的儿子？”祝涛问。

魏婷婷迟疑了一下，甩了甩头发，干脆将实情和盘向祝涛托出：“我接受教训了，这回直接找了百万富翁。”

“我爸被炒才几天，你事先就有备份的？”祝涛不得不重新审视这个星球。

“是的，”魏婷婷有点儿可怜祝涛，毕竟相处了几年，她想通过实话实说的方法减轻自己的负疚感，“我姐姐的对象你认识。”

魏婷婷的姐姐魏南南和魏婷婷一样是花容月貌的绝色佳人，魏南南的男友贾强的爸爸是千万富翁。

“你姐姐和你拥有一样的婚姻观！”祝涛恍然大悟。

魏婷婷说出了令祝涛始料未及的话：“我要嫁给贾强的爸爸。”

祝涛知道，贾强的爸爸是鳏夫，去年死的老婆。

尽管祝涛自认为思想前卫，还是目瞪口呆。

“就算我们姐妹用自己的经历给地球上的作家们提供创作素材吧。”魏婷婷说。

祝涛看着魏婷婷摇头。魏婷婷的脸上是月光透过树叶投下的斑驳光影。

“你别这么看我，我知道你怎么想，不就是今后我姐姐得管我叫妈妈吗？这不犯法吧？”魏婷婷说，“只要能过上好日子，就算我姐姐管我叫奶奶我们也愿意。”

祝涛依旧摇头。

“我走了？”魏婷婷说。她有点儿害怕祝涛发疯。

祝涛没理她，只是摇头。

“祝涛，再见。我向你道歉。”魏婷婷说，“当然，你也没损失什么，严格地说，损失的是我。”

魏婷婷走了，祝涛注视着她的背影，摇头。

祝涛不记得自己是怎么回到宿舍的，室友们看到祝涛摇着头进到屋里，脸色也不好。大家面面相觑。

罗界问祝涛：“和魏婷婷吵架了？”

祝涛一边摇头一边说：“是炒了，但不是吵架，是她炒了我鱿鱼。”

“怎么会？！”同学们都一蹦老高。

祝涛和魏婷婷是全校最有名的一对郎才女貌，或者说郎财女貌。

“真的？”刘玉良问祝涛。

祝涛摇着头说是真的，弄得大家不知是真的还是假的。当大家确信是真的时，都同情地看着祝涛。

“为什么？”杨天问。

祝涛只是摇头，不说话。

夏明说：“想开点儿，祝涛，不就是个女人嘛，再有三亿年，连地球都不存在了，今天把自己的人生设计得再好，有什么用？”

“地球是五亿年后完蛋。”杨天纠正道。

“五亿年和三亿年对咱们来说没什么区别。太阳越来越热，越来越亮，将导致地球温度升高，然后就是水源减少，大气层含水量下降，地球干涸、烧毁或结成冰。”夏明说，“这可是美国著名地球学家詹姆斯·卡斯廷预测的。祝涛，想想地球的未来，与其让你的子孙在五亿年后受那份罪，索性今天别结婚生育，这才是正宗的造福子孙！”

祝涛还是摇头不止。

“祝涛，你没事吧？”杨天问祝涛。

祝涛摇头。

“我知道魏婷婷是怎么回事了。”刘玉良一拍头，“她准是因为祝涛爸爸的事！”

“魏婷婷是这种人吗？”夏明看着祝涛说。

祝涛还在坚持不懈地摇头。

“如果魏婷婷是这样的人，祝涛，她今天离开你，是你的福气！”罗界对祝涛说。

“没错，绝对是好事！”

“这样的人，绝不能和她结婚。”

“应该庆祝！”

室友们七嘴八舌地安慰祝涛。

祝涛不理会同学的话。他轮流看着每个同学摇头，然后在大约十一点时说：“我回家。”

“这么晚了，我送你回去。”杨天说。

“不用，我没事。”祝涛一边摇头一边离开宿舍。

“祝涛不会想不开吧？他爱魏婷婷可是死心塌地的。”杨天问室友们。

“半个小时后，咱们往他家打电话。”刘玉良说。

“不如现在就打电话告诉他父母。”夏明提议。

“那不吓着他父母？万一祝涛没事呢。还是等半个小时打好。”杨天说，“也许祝涛不想让他父母知道和魏婷婷分手的事，他家最近的倒霉事够多了。”

大家同意。

祝置城和邓加翔没想到祝涛这么晚从学校回来。他们从儿子的脸上看出有事。

“怎么了？小涛。”邓加翔问阴着脸的儿子。

“我和爸爸一样，被炒鱿鱼了。”祝涛摇着头无精打采地说。

“学校开除你了？”祝置城一惊，“为什么？”

“不是学校开除我，是魏婷婷开除我了。”祝涛苦笑着摇头。

“魏婷婷开除你？”祝置城没听明白。

“魏婷婷不要小涛了。”邓加翔小声向丈夫解释。

“怎么会？”祝置城绝对不信工人家庭出身的魏婷婷会主动和祝涛吹。他盯着儿子问，但祝涛不回答。

“小涛，婷婷为什么吹？”邓加翔问儿子，“因为你爸的事儿？”

“您怎么知道？”祝涛惊讶母亲的判断。

“都是女人，我对魏婷婷早有感觉，她找你是图财。”邓加翔说。

“那您怎么不提醒我？”祝涛埋怨母亲。

“我怎么没提醒你？你第一次带魏婷婷来咱们家时，我就对你说据我观察魏婷婷看上的不一定是你本人。你反驳我说，魏婷婷是这个世界上最不贪财的女孩子。你忘了？”邓加翔提醒儿子。

祝涛没话说了。

“这么说，魏婷婷是因为我被旷达炒鱿鱼而和你解除关系的？”祝置城问儿子。

“是的。”祝涛说。

“对不起，孩子。”祝置城内疚地拍拍儿子的肩膀。

面对家中两个被炒鱿鱼的男人，邓加翔有些力不从心了。她先安慰丈夫。

“这不是你的错。”邓加翔对祝置城说。

她再安慰儿子：“魏婷婷和你分手是好事，和爱钱第一的人结婚是灾难。”

祝涛终于控制不住了，泪如泉涌：“妈，我想她！我受不了！我不能没有她！”

祝涛号啕大哭。他这样的哭法，邓加翔和祝置城很久没见过了。上一次是在祝涛五岁时，邓加翔冤枉祝涛摔了一个碗后，祝涛就是这么哭的。当时儿子这么一哭，邓加翔就知道自己错了。事实上，那只碗是被猫碰掉的。

“小涛……”邓加翔劝儿子。

“让他哭吧。”祝置城说。他清楚男人这么哭不容易，其实男人最需要这么哭的。

如今做男人越来越难，从涉世起，男人就承受着不可名状的巨大压力，当妻子说别人家有宽敞的住房和汽车时，不等于在谴责自己的丈夫无能吗？当别人的孩子乘坐私家车上学而自己的孩子坐自行车后架上学时，当父亲的能不自惭形秽吗？成功的男人日子同样不好过，居高思危，像祝置城这样一不留神从巅峰跌落低谷的例子还少吗？拔了毛的凤凰不如鸡，连孩子的恋情都受到株连。就算父亲守业有成，没从百万富翁蜕变成穷光蛋，可他的孩子没准儿因此终生享受不到真正的爱情，同他或她睡在一张床上的是魏婷婷这种拿婚姻当致富途径的人。特别是当百万富翁抱着拥有起码一半唯利是图遗传基因的孙子喜笑颜开时，他不知道自己抱着的其实可能是一颗能把这个家炸得七零八碎的定时炸弹，起码是半颗定时炸弹……

祝置城突然控制不住自己了，毅然加入儿子的大哭行列。泪眼迷蒙中，祝置城看见了王元美在公司高层例会上突然宣布解除他职务的场景，还看见了董事会上的众叛亲离四面楚歌。

邓加翔颓然坐下。南希察觉出逆势，惊恐地往邓加翔怀里躲藏。

男儿有泪不轻弹。积蓄了多年的泪水一旦决口，其势不可阻挡。

电话铃响了。邓加翔看看丈夫和儿子，他们停止哭声。

“小涛，找你的。”邓加翔说。

祝涛用袖子擦干脸上的眼泪，拿过话筒。

“我在，谢谢你，杨天。我没事。”祝涛放下电话。

“咱们家会好起来的，谁笑到最后，谁笑得最好。”邓加翔说。

祝置城一边抽泣一边使劲儿点头。

万念俱灰的祝涛没说话。他需要时间恢复元气。他没有将魏婷婷要嫁给贾强的爸爸从而给自己的亲姐当婆婆的事告诉父母。他说不出口。他终于知道了钱是什么东西。在这个世界上，和钱最势不两立的，是尊严。

“最好的报复是让冤家看到你生活得越来越好。”邓加翔说。

祝置城和祝涛点头。

次日早晨，邓加翔发现丈夫和儿子变化很大。她头一次意识到，身体里积藏了泪水的男人必须释放泪水，泪水不是酒，不宜储藏。

第八章　重新开始

邓加翔是被祝置城叫醒的。

“加翔，起来吧，小涛和我有话对你说。”祝置城掀开邓加翔的被子。

邓加翔起来后，发现祝置城和祝涛都和昨晚判若两人。她只能认为世界上最棒的两个男人都在她家里。坚强是男人的第一雄性标志。如果有药品公司为世上的男人研制加强意志的“伟哥”，保准发大财。邓加翔刷牙时想。

“咱们商量商量，怎么重新开始？”祝置城精神饱满地对妻子和儿子说。

“要发挥咱们的优势。”祝涛的眼睛被泪水洗礼后显得熠熠生辉清澈有神。

失恋有时是失链。失去禁锢，反而使人轻松自如。

“咱们的优势是什么？”邓加翔问。

“反正不是企业管理。”祝置城自嘲。

“爸爸是干大事的人了。”祝涛说。他清楚，能自嘲的男人大都已进入所向披靡的档次。

“我觉得，就目前来说，咱家的优势还在置城身上，小涛的特长尚未显露出来。”邓加翔说。

“我同意。”祝涛说。

“咱们还得暂时以置城为中心摆脱困境。”邓加翔看着丈夫说。

“我得努力迎头赶上。起码向爸爸学习练就找对象的火眼金睛。”祝涛说，“我这个年龄的人，实在应该成为家庭致富的带头人了。”

“我的优势就是我的专业，可如今我的专业不吃香了。”祝置城叹气。

“不见得。还有很多新的生物学领域是空白，爸爸可以涉足。以您在生物学上的天才，应该能出奇。”祝涛说。

“你举个例子。”祝置城感兴趣地问。

“比如生物计算机。比如爱情生物学。比如生物机器人，也就是生化人。等等。”祝涛说。

“你先说说生物计算机。”祝置城换了个舒服的姿势，将腿放在茶几上。

祝涛想了想，说：“每一种生命都存在着脱氧核糖核酸，也就是 DNA，而 DNA 具有存储信息的能力。”

“没错，”祝置城对儿子的生物学常识表示赞许，“而且 DNA 存储信息的能力很强，事实上，复制生命的全部指令都存储在 DNA 中。”

祝涛说：“计算机是靠硅芯片运算的，所谓硅芯片，只不过是因为它能够以电流的速度一个一个地检验所有可能解决问题的方案。但是随着人类不断对计算机的运转速度提出新的要求，硅芯片已经显得越来越力不从心了。”

“你的意思是说，人类将用 DNA 取代计算机上的硅芯片？”祝置城兴奋。

“对。”祝涛说，“DNA 存储信息的能力非常强，这您刚才已经说了。”

“几克 DNA 就能存储这个世界上已知的所有信息。”祝置城说。

“有专家预测，DNA 将成为效率最高的存储和处理信息的媒介，这就是生物计算机。”祝涛两眼放光。

邓加翔在一边听家里的两个男人谈论事业，突然有点儿感谢王元美炒了祝置城的鱿鱼。和按部就班的人生相比，创业的魅力实在太大了。她喜欢亲眼看身边的男人创业，享受这种不是每个女人都有幸体验的壮丽的创业目击者身份。

“你再说说爱情生物学。”祝置城头一次意识到拥有观念和信息同步前卫的儿子能使成功的父亲更上一层楼，“这些年，我落伍了。”

“前些日子，我从一个网站上看到这样的信息：在爱情不可言喻的神秘与伟大之下，隐藏着一些基本的生物学法则和基因法则。研究爱情生物学，将对人类婚姻和遗传产生巨大的作用。”

祝置城频频点头：“两个个体是如何接近并最终亲密到共同繁殖后代的程度，其中肯定有生物学的作用。”

“生物机器人是怎么回事？”邓加翔问祝涛。她喜欢听自己奶大并教他说第一句话的孩子无所不知地侃侃而谈。

“关于生物机器人，爸爸比我了解。”祝涛说。

“和人一样的机器人，有点儿像生物计算机。”祝置城对邓加翔说。

“好像挺恐怖。”邓加翔想起自己看过的一部描述生物机器人的电影，都是血淋淋的打打杀杀场面。

“生物机器人对人类的作用非常大，一些危险的工作可以让生物机器人去完成。”祝涛说。

祝置城思索。

祝涛和邓加翔关闭声带，给祝置城的脑细胞创造思维的高质量环境。

“我研究生化人。”祝置城收回放在茶几上的腿，正襟危坐地说。

“爸爸如果成功了，咱家最低是亿万富翁。”祝涛对妈妈说。

“到那时，王元美就该后悔解除你爸的职务了。”邓加翔对于王元美不给她面子耿耿于怀。

“爸，什么时候开始？”祝涛问。

“明天。”祝置城踌躇满志地说，“我开个单子，你们去采购我做实验需要的东西。”

“家里的设备够用吗？”邓加翔问。

“设备足矣，再买些书籍和药剂之类的就行了。”祝置城看起来像指挥千军万马的将领。

“您电脑里的中文拼音输入软件太落后了都老掉牙了，我给您装个美国人开发的最先进的中文拼音输入软件。”祝涛对祝置城说。

祝置城使用电脑软件比较保守，用了一个就是终身制，而祝涛则是什么时候出新的什么时候淘汰旧的。

“拜托，千万别换，我就喜欢用中国人开发的中文拼音输入软件。”祝置城忙摆手，“上次你给我换了个美国佬开发的中文拼音录入软件，差点儿害了我。我给报社写一篇文章，打‘火眼金睛’，它给我弄出来的是‘火焰进京’。我也没细看，稿子交给报社，吓了编辑一跳。人家打电话给我，说祝总您想砸我的饭碗呀？火焰进京是什么意思？说轻了是居心叵测，说重了是要搞颠覆呀！”

祝涛和邓加翔笑出了眼泪。

“可能是美国佬亡我之心不死。”祝涛一边笑一边说。

“不信你试试，你在如今最流行的美国人开发的中文拼音输入软件上打全拼音‘火眼金睛’，出来的肯定是‘火焰进京’。”祝置城对儿子说。

“我信，”祝涛说，“我上次写文章打‘有句话’，人家美国人给我弄出个‘邮局花’，我们宿舍的室友们笑得死去活来，大家分析可能是美国的漂亮姑娘都在邮局工作。”

邓加翔喜欢这样的家庭气氛。她为家人准备了丰盛的午餐，祝涛和邓加翔还为祝置城日后的成功干了杯。

在他们吃到一半时，门铃响了。

自从祝置城被旷达解职后，登门的人明显少了。

邓加翔放下筷子去门口通过门镜往外看。她回来告诉祝置城门外是那个叫杨虹的女记者。

杨虹采写的有关旷达公司内讧的新闻使得该报纸的发行量猛增，主编责成杨虹再接再厉，跟踪报道旷达公司解除祝置城职务后的动态，特别是祝置城如何反击以及王元美如何招架。杨虹今天上午先到旷达公司采访王元美。当她完成采访离开旷达大厦时，王元美的助理贺学兵追了上来。

“杨小姐请留步。”贺学兵叫住杨虹。

“有事？”杨虹问。

“这边谈。”贺学兵有几分神秘地将杨虹引进一层的一间会客室。

杨虹看着贺学兵。

“是这样，我知道您还会去采访祝置城，想拜托您一件事。”贺学兵说。

“当间谍？”杨虹冷笑道。

“杨小姐您别这么说，”贺学兵尴尬地笑笑，“您帮我们看看祝置城下一步准备怎么办，我们也好有个准备。我们是上市公司，要对股东负责，不能掉以轻心。这是给您的酬金。”

杨虹接过敞着口的信封，往信封里瞥了一眼，看见里边都是红色的新款百元钞，根据信封的厚度判断起码是五千元，杨虹收起钱。刚才她采访王元美时，已经收了两千元交通费。

“是王总让你来的吧？”杨虹问。

“哪里，王总怎么会做这种事，是我的主意。”贺学兵为王元美涂脂抹粉，“我等您的电话，这是我的名片。”

杨虹笑笑，连招呼都没和贺学兵打，就走了。

祝置城听妻子说是记者杨虹来访，对妻子说：“你就说我不在。”

当邓加翔正准备开门时，祝置城想了想又说：“让她进来，我见她。”

杨虹一进屋就感受到祝置城家的喜庆气氛。她暗暗吃惊，并料定祝置城已经有了回击王元美的招数。杨虹突然进入了兴奋状态，脸色微红，脑细胞和嘴过电般痉挛。

杨虹窃喜：一个旷达竟然能让我们报社和我个人吃这么长时间。

“请坐请坐，”祝置城离开饭桌，“什么风把杨大记者吹来了？”

“祝总您别骂我，”杨虹说，“我得对读者有个交代，您也可以借此机会对外界说点儿什么。”

“我已经无职无权了，没有交通费犒劳你了。”祝置城耸耸肩。

“这是我自己主动送上门来的，照规矩，不收税。”杨虹说。

“这是我儿子祝涛。”祝置城将祝涛介绍给杨虹。

“你好，在哪儿做事？”杨虹问祝涛。她对祝涛很有好印象。

“上大学，今年毕业。”祝涛站起来说。

“虎父无犬子。”杨虹恭维，“给你一张我的名片，以后有事找我。”

祝涛放下筷子，接过名片看。

“你们吃饭，我和祝总去他的工作室谈。”杨虹对祝涛和邓加翔说。她来过祝置城家，熟悉地理。

“你们吃吧，我和杨小姐就谈一会儿。”祝置城对妻子和儿子说。

杨虹坐下后第一句话就问：“祝总，你家好像有喜事呀！你们在喝酒庆祝。”

祝置城伸出大拇指：“不愧是记者，杨小姐观察力就是强。”

“有什么好事，让我也分享分享。”杨虹问。

“我已经找到治王元美的办法了，你就等着看好戏吧！”祝置城眉飞色舞地说。

“能告诉我吗？”杨虹怕祝置城怀疑，又说，“我见识的企业多，可以给祝总当高参。”

祝置城欲言又止的样子，说：“过一段时间你就知道了，请杨小姐谅解，我不是拿你当外人。”

“我完全理解。”杨虹不无遗憾地说，“这就是说，祝总还没认输，还要和王元美一决雌雄？”

“当然，我已经有了撒手锏，王元美的末日就要到了。”祝置城故意压低声音。

“很刺激。”杨虹说。

祝置城又和杨虹聊了一会儿，杨虹告辞。

杨虹走后，祝涛和邓加翔异口同声问祝置城干吗通过记者放这样的风，他们一直在餐桌旁停止咀嚼竖着耳朵听祝置城和杨虹交谈。

“我了解王元美，这个信息能让他睡不好觉。如果我真要继续和他干，我就不说了。既然咱们不再理他了，干吗不让他风声鹤唳草木皆兵如坐针毡？”祝置城喝酒。

“老爸够坏的。”祝涛大口吃肉，“人家王叔叔可给我输过血。”

“王元美该治。”邓加翔拿起酒瓶给祝置城“输”酒。

第九章　王元美坐卧不宁

杨虹离开祝置城家后，立刻直接给王元美打电话。她觉得贺学兵档次不够。

“您好，旷达公司总裁办公室。”小姐甜美的声音。

“请找王总接电话。”杨虹说。

“请问您是？”女秘书审查杨虹的身份。

“我叫杨虹，你快点儿。”杨虹最讨厌打电话时先被对方审查资格。

“杨小姐，你好，我是王元美。”

“我刚从祝置城家出来，有个信息给你。”

“噢？这么做合适吗？”

杨虹在心里骂道：装什么孙子。

杨虹嘴上却说：“王总不要？那我就挂了？”

“杨小姐说吧，我听着。”

“祝置城很高兴，全家都高兴，还喝酒。他对我说，他有治你的撒手锏。”

“他故意放风气我吧？”王元美说。

“我不可能被骗。我是突然登门的，他们全家那种高兴劲儿是从骨髓里冒出来的。他根本不像是刚刚被解职的人，这么说吧，依我看，拿了国际大奖的人也不过如此。他家的气氛像是过综合节。”

“……”王元美沉默，“他家都有谁？”

“他夫人和他儿子。”杨虹说。

“没有魏婷婷？”王元美问。

“魏婷婷是谁？”

“他儿子祝涛的女朋友。”

“没有。”杨虹肯定地说。

“祝置城没告诉你他的具体方法？”王元美问。

“我问他，他不说。但我看得出来，他是胜券在握。您要当心，他一副志在必得的样子。”杨虹渲染战争气氛。

“……谢谢你。”

“王总有什么事尽管找我。”

“我会的。杨小姐有什么事也尽管说，别客气。”

“我是客气的人吗？王总再见。”

“再见。”

王元美放下电话，手半天没动窝儿。伫立在一旁的贺学兵看出王元美收到的不是利好消息。

“果然不出我所料，祝置城不会善罢甘休。”王元美面色沉重。

“他准备怎么办？”贺学兵问。

“他不告诉杨虹。”王元美站起来在办公室里来回走，“内耗呀，谁有这么多精力弄这些事！”

“树欲静而风不止。”贺学兵火上浇油。

贺学兵早就发现，高层内讧，受益的是他这种马前卒。关键是跟对了人，赌注要下准。彭博是反面例子。

“王总，肯阿公司的李总打电话找您。在二号线。”女秘书推门探头说。

“不接！一个小时之内，我什么电话也不接！”王元美近乎咆哮。

女秘书吐了下舌头，快速将自己的头缩回门外。

“咱们还有什么短处在祝置城手里？”贺学兵像是问王元美又像是问自己。

王元美将手中的一根铅笔折断了。

贺学兵注意到，那铅笔不是从中间腰折的，而是从靠近端部折断的，类似于人的掉脑袋。贺学兵清楚王总的手没劲儿。由此可见在特定情况下，心里的劲儿会转移到身体的其他部位，使人获得意外的力气。

“祝置城是不是认识上面什么人？”贺学兵猜测。

“我认识的人比他认识的大！”王元美说。

“那当然。”贺学兵给王元美倒水。

“祝置城就是想搞垮旷达！我不会让他得逞！”王元美拍桌子。

“最好的防守是进攻。”贺学兵和彭博不谋而合对主子说同样的话。

王元美点头。

“我要抢在祝置城前面先攻他。”王元美拿手中的无头铅笔敲桌子，“堡垒最容易被从内部攻破。”

“您在祝置城家有人？”贺学兵第一个想到的是邓加翔和王总可能有暧昧关系。

王元美说：“刚才杨虹说，祝置城家没有魏婷婷，这不正常。以我对魏婷婷的了解，估计魏婷婷会因为祝置城的被解职而甩了祝涛，那是一个贪财的女孩儿。当初我提醒过祝置城，不能找这样的儿媳，祝置城不以为然。”

“那时王总和祝置城的关系还没破裂。”贺学兵说。

“好得像一个人。”王元美感慨，“魏婷婷肯定了解祝置城很多内幕，如果她能向咱们提供祝置城的一些见不得人的事，祝置城就输定了。”

“我去祝涛的大学了解魏婷婷是否和祝涛中止了关系。如果断了，我设法安排魏婷婷和您见面？”贺学兵猜测王元美的用意。

王元美说：“你现在就坐我的车去，随时和我保持联系。如果可能，你将魏婷婷接到公司来见我。”

贺学兵乘坐奔驰车前往祝涛就读的大学，在车上感到自己的经历一点儿也不比美国好莱坞电影逊色。

贺学兵吩咐司机将车停在大学门外，他对司机说：“小谢，你在这儿等我。”

几个乳臭未干的在校大学生很快就向贺学兵透露了魏婷婷和祝涛分手的信息。贺学兵立即给王元美打电话。

“王总，您真是神机妙算，魏婷婷已经甩了祝涛！”贺学兵站在一棵半死不活的树下打电话。

“你想办法接她来，就说我有事找她。”王元美说。

“明白。”贺学兵收起手机。

正是大学吃午饭的时间，学生们拿着饭盒或骑自行车或步行去食堂买饭。贺学兵打听到魏婷婷的宿舍。他在宿舍门口看见了正要去食堂的魏婷婷。

“怎么是你？”魏婷婷见过贺学兵，王元美送给魏婷婷的高档手表就是贺学兵去买的。

“我找祝涛有事，你能带我去吗？”贺学兵需要证实魏婷婷是否真和祝涛分道扬镳。

“我和祝涛已经分手了。你自己去找他吧。”魏婷婷冷淡地说。

“王总有事找你。”贺学兵说。

“王元美？”魏婷婷惊讶，“他找我干什么？”

贺学兵拿出手机，拨通了王元美的电话。贺学兵将手机递给魏婷婷，说：“王总和你说话。”

“婷婷吗？我是你王叔叔。”

“王叔叔，你好。”魏婷婷勉强地叫王叔叔。

“我专程派车去接你。我有重要的事和你谈。”

“哪方面的事？我已经和祝涛家没有关系了。”

“我原来听说你大学毕业后不是想来旷达公司发展嘛，我这里正好有个空缺。”

“过去我听祝涛的爸爸说，您坚决不同意我毕业后去旷达工作。”

“……那是祝置城造谣，不信你问小贺，我什么时候说过这样的话？我一直很看好你。你现在能来谈谈吗？”

“我吃完饭去。”魏婷婷说。

“来我这里吃饭。”

“好吧。”魏婷婷放下手中的饭盒。

贺学兵接过手机，给司机小谢打电话，让他把车开到魏婷婷的宿舍楼边。

王元美热情地接待魏婷婷，魏婷婷对王元美说：“王叔叔，您要我做什么事就直说吧，我下午还有课。”

“婷婷，你的决定是对的，祝置城这家人品质不好，你的婚事包在王叔叔身上了。今后你来旷达工作，还愁找不到好小伙子？”王元美停顿了一会儿，“是这样，婷婷，祝置城想弄垮旷达公司，我要对旷达负责。你最了解祝置城家的内幕，如果能向我提供他的见不得人的事，旷达公司的全体员工和股东将永远感激你。这是一万元酬金。”

王元美从抽屉里拿出全裸的一捆百元钞，重重放在魏婷婷面前。同时，他按下了藏在抽屉里的录音笔的红色录音按钮。

王元美观察魏婷婷的反应。

已是千万富翁未婚妻的魏婷婷斜视了一眼区区万元钞，笑了笑，对王元美说："我再最后叫您一次王叔叔，因为你不配。我和祝涛断绝关系，不是因为他们家人品质不好，而是因为我品质不好。咱们权且不说祝涛家有没有见不得人的事，就算有，我也绝对不会告诉你。我可以告诉你，我将嫁给一个比我大四十岁的千万富翁，这没什么稀奇，稀奇的是这位千万富翁的儿子是我亲姐的未婚夫。这几天，我心里一直不安，但现在我坦然了。我得感谢你，和你的行为比起来，我实在是靠正当途径致富。你们这些道貌岸然的人算什么？钩心斗角尔虞我诈，如果不是因为你和祝置城的事，我会和祝涛分手吗？祝涛的爸爸是有问题，但你就没有责任吗？人家比尔·盖茨怎么就能处理好和一起创业的微软元勋保罗的关系？是你和祝置城断送了我和祝涛的关系，我恨你们！包括祝置城和你的那个什么贺助理。你们才是三陪：奉陪钩心斗角，奉陪尔虞我诈，奉陪欺世盗名。扫黄不扫你们这些男妓，真是瞎了眼！马上派豪车送我回学校！晚一秒钟小心姑奶奶告你非法拘禁！"

魏婷婷拿起茶几上的茶杯，将杯中的茶水和着自己的泪水泼到王元美脸上，再将茶杯用力掷向落地玻璃窗。玻璃杯砸到半开的窗户上，破裂后散落向地面，碎玻璃在空中飞行了相当长的时间，才结结实实砸在楼下的诸多汽车身上，将美丽耀眼的金属漆蹂躏得面目全非惨不忍睹。

魏婷婷扬长而去。

一直在门外窃听的贺学兵匆忙进来问王总是否需要报警，王元美吼道："浑蛋，还不快让小谢送她回学校！"

王元美从抽屉里拿出录音笔，将其碎尸万段。

第十章　赌博激怒祝置城

当王元美如临大敌设防祝置城的反扑时，祝置城已在如火如荼夜以继日地研制生化人。

邓加翔从一张报纸上看到旷达大厦碎玻璃杯从天而降的消息，该报艾姓记者说，几位车主控告旷达公司大厦高空抛物坠落的玻璃损毁了他们的汽车，由此向旷达公司索赔。艾记者还说，据可靠信息，旷达大厦高空坠落的玻璃系人为因素导致，估计可能和王元美总裁炒祝置城总工鱿鱼有关。但从目前记者掌握的信息看，尚无祝置城那天重返旷达大厦与王元美发生武力争斗的迹象。

邓加翔趁祝置城从工作室出来小憩喝咖啡时，将报纸拿给他看。祝置城一边看一边笑。

“这是怎么回事？”邓加翔问丈夫。

“杨虹的功劳。”祝置城放下报纸，“肯定是王元美从杨虹那里得知我要反击，慌了手脚。不定闹成什么样子呢！”

“内部打起来了？否则玻璃怎么会从楼上坠落呢？”邓加翔给祝置城续咖啡。

“现在王元美内部不会打，”祝置城摇头，“只有等我彻底出局不理他们后，他们才会自己和自己打。”

“那……玻璃是怎么碎的？”

“我想象不出，也没时间想。反正我就知道和我同杨虹放的风有关系。我太了解他们了。”

“终日从事这种钩心斗角工作的人其实挺可怜。”邓加翔感慨。

“出来才觉得人家可怜。”祝置城说，“还是《红楼梦》里说得好，‘乱哄哄你方唱罢我登场’。”

“我读大学时，有一段古文给我印象最深：‘无恻隐之心，非人也；无羞恶之心，非人也；无辞让之心，非人也；无是非之心，非人也。’”

“你是在骂我不是人。”祝置城笑。

“我是在骂王元美不是人。”邓加翔赶紧纠正丈夫的理解偏差。

“这还差不多，王元美太没有辞让之心了。”祝置城起身返回工作室。

邓加翔倚在门口问：“生化人难度很大吧？”

“当然。但我有信心。有王元美给我当动力，没有我办不成的事。”祝置城说罢进入思索状态。

邓加翔轻轻关上门离开。

四个月后，祝置城的生化人研究有了较大的进展，邓加翔和祝涛感到欢欣鼓舞。

祝涛大学已经毕业，有意没找工作，在家给父亲当专职助手。

邓加翔发现儿子自从和魏婷婷分手后，便不再提找女朋友的事。邓加翔试探着问了祝涛几次，每次都被祝涛转移了话题。邓加翔估计儿子是受了刺激，担心他走极端，从此改奉独身主义。当母亲的就是这样，儿子有了女朋友她横挑鼻子竖挑眼，儿子不找女朋友她又坐卧不宁。人类中的血亲异性关系着实是地球上最微妙的异性关系：自己种的果实自己不能吃，看着外人吃又不甘心，外人不吃更着急。

这天下午，自从祝置城离开旷达后一直没露面的彭博忽然来访。

邓加翔打开门，彭博冲邓加翔鞠了一躬，说：“舅妈好，我舅舅在家吗？”

“在。你可是稀客了啊。”邓加翔话里有话。她对彭博没有好感。

彭博往里走，看见祝置城和祝涛在工作室忙着，工作台上堆满了书籍和做实验用的器皿。

“舅舅，你们在忙什么？”彭博意识到祝置城离开旷达后没有闲着。

认定自己对生化人研究已经胜券在握的祝置城见到彭博很高兴，说：“快来看看我的生化人研究！”

“生化人？”彭博吃了一惊。

“我要让王元美看看我的厉害。”祝置城说，“生化机器人，懂吗？市场价值太大了，怎么估计都不过分。”

“成功了？”彭博眼睛瞪得老大。

“离成功只差一步。”祝置城拍拍外甥的后背，“你在忙什么？”

彭博做忸怩状：“我办公司失败了，血本无归。我现在连生活费都没有着落了……”

祝置城说：“如今办公司不容易，失败也是正常的，成功了倒不正常。如今我还用不着人，等生化人成功了，会找你。祝涛，你去拿一千元给彭博聊解无米之炊。”

祝涛去拿钱。

“谢谢舅舅。”彭博说，“舅舅的生化人大概还有多长时间能成功？”

“怎么也得六个月。”祝置城看了一眼年历，说。

离开祝置城家后，彭博想，六个月后我就饿死了，不如拿祝置城研制生化人的情报当敲门砖去投靠王元美，好歹有碗饭吃。

彭博走进久违了的旷达大厦，眼前的一切既熟悉又陌生。新换的保安不认识彭博，问彭博找谁。

“我找王总。”彭博一边看金碧辉煌的大厅一边说。

“预约了吗？”保安问。

“你给王总打个电话，我跟他说。”彭博说。

“您贵姓？”保安问彭博。

“我叫彭博。”

保安拨通总裁办公室电话。

“有个叫彭博的先生找王总。”保安对总裁的秘书说。

“彭博？你等一会儿。”秘书说。

秘书请示王元美。

王元美对贺学兵说：“估计是卖身投靠。”

“这种人靠不住。”贺学兵提醒王总，“千万不能纳降，必有后患。”

“不妨见见，他不会空着手来。”王元美吩咐秘书让彭博上来，又对贺学兵说：“你放心，我像讨厌苍蝇一样讨厌这个人。”

彭博拘谨地站在王元美的办公桌前，王元美坐在老板椅里，问：“有事找我？”

彭博迟疑了一下，说：“王总，我错了。我过去站错了队……”

“你不属于站错了队。祝置城是你舅舅嘛，你是别无选择呀。”王元美说。他没有让彭博坐。

“谢谢王总的理解。”彭博说，“我刚才去了祝置城家，觉得有一些情况可能对您有用。”

“你这么做合适吗？”

“我对旷达公司有感情。我要维护旷达的利益，请您给我这个机会。”

王元美点点头。

彭博眉飞色舞地说："王总，祝置城在家研制生化机器人，已经进入实质性阶段。他说，生化机器人成功之日，就是您的末日。您要小心。"

王元美突然发出了罕见的大笑，弄得彭博莫名其妙。他不知所措地看着王元美。

"祝置城研制开发生化人？哈哈哈，他太不自量力了，多少美国科学家搞了那么些年，也没搞出个眉目，就凭他祝置城在家单枪匹马就能弄出生化人？哈哈，我好久没这么开心过了。这么着吧，小彭，咱俩打个赌，如果祝置城在三年之内研制成功生化人，我立刻把旷达总裁的位置让给你。如果他弄不出来，你就到旷达公司来当清洁工，分管旷达大厦的所有厕所。我说话算数，咱们可以立字据。哈哈，祝置城在家研制生化人？准是精神出问题了。"王元美笑得止不住。

彭博终于知道王元美有多恨他了。他觉得自己受的是胯下之辱，无地自容。

"走吧，哪儿都不欢迎叛徒。"贺学兵恰到好处地进来对彭博下逐客令。

彭博对王元美说："你不会有好下场，你心胸狭窄，难以相处，干不成大事。"

"要我给你列举心胸狭窄的伟人的名字吗？你不会愚昧无知到真的不知道心胸狭窄的伟人比心胸宽阔的伟人多多了吧？"王元美还在笑个不停，"既然你来了，也别让你白跑，我再免费给你上一课，告诉你一个深奥的道理：成功的人当中，难以相处的人比容易相处的人多多了。严格遵守规则的人都难以相处，没有原则的人才左右逢源。成功人士到这个世界是来做事的，不是来和所有人搞好关系的。听清楚了？以后碰到心胸狭窄难以相处的人，赶紧膜拜学习，不然一辈子失意落魄还不知道为什么穷。”

彭博几乎是被贺学兵推出王元美的办公室的，两名保安等在王元美的办公室门外，他们像警察押送人犯那样将彭博押送出旷达大厦。

次日，杨虹到祝置城家拜访。

祝置城放下手中的工作，接待杨虹。

“祝总在研究生化人？”杨虹问。

“你怎么知道？”祝置城惊讶。

“王元美告诉我的。”杨虹冲祝置城意味深长地一笑。

“王元美？”祝置城一愣。

“是这样，您的外甥彭博去向王元美提供您在研制生化人的情报，王元美为此和彭博打了赌。”

“打什么赌？”祝置城预感要生气。

“王元美说，如果您在三年内研制成功，就把旷达公司总裁的位子让给彭博。”杨虹注视着祝置城面部的反应，“如果您失败了，彭博必须到旷达公司当专门打扫厕所的清洁工。”

杨虹在根据祝置城此刻的反应来判断祝置城的生化人研究到底有没有戏。如果祝置城爽朗地说王元美输定了，杨虹基本上能得出祝置城的生化人研究会有突破性进展的结论，这可是意义重大的独家头条新闻。杨虹最近笔运欠佳，写的稿子有一个月没上报纸的头条了。人员超编的报社实行记者竞争上岗末位淘汰制。

祝置城的研究在昨天晚上遇到了障碍。只有他自己明白，这是不可逾越的障碍。他没有对家人说。他怕失去家中的喜庆气氛。正是这个障碍，阻碍了美国科学家对生化人的研究。如今，当祝置城走到这里时，亦被拦住了。祝置城清楚，他不具备逾越这道障碍的实力，无论智力还是财力。昨夜，祝置城彻夜未眠。为了不让妻子察觉，他佯睡了一个通宵，还不停地制造假呼噜。邓加翔入乡随俗嫁鸡随鸡嫁狗随狗，多年来，养成了没有祝置城的鼾声催眠就无法入睡的陋习。

“没想到彭博和王元美一样是无耻之徒。”祝置城咬牙切齿地说。

杨虹看出祝置城的生化人没戏了。她很失望。早晨王元美打电话告诉她这件事时，杨虹很是兴奋。杨虹虽然清楚王元美是想通过她的嘴嘲笑祝置城并破坏彭博与祝置城的关系，但她认为这是一个能让自己上头条并由此在报社扬眉吐气的机会。

“祝总，彭博是当旷达的总裁还是当清洁工，全取决于您了。您不会让外甥去旷达打扫厕所吧。”杨虹残酷地激将祝置城。

“王元美不要欺人太甚，我一定要让他满盘皆输。”祝置城声嘶力竭地喊道。

祝涛和邓加翔过来看出了什么事。

“我祝您成功。”杨虹对祝置城说。

杨虹怕被祝置城的家人谴责，匆忙告辞了。

第十一章　丧失理智的一念之差

杨虹走后，邓加翔问祝置城：“置城，怎么了？你好长时间没发脾气了。”

“彭博把咱们研制生化人的事告诉王元美了。”祝置城喊道，“王元美和彭博打赌，如果我研制成功生化人，王元美就将总裁的位子让给彭博。如果我弄不出生化人，彭博就去旷达当清洁工，专职打扫厕所。”

“彭博真卑鄙。”祝涛不屑一顾地说，“他打扫厕所是人尽其才。”

“你为彭博这种人生这么大的气，不值得。”邓加翔劝祝置城消气，“咱们不怕王元美知道，生化人不是快成功了吗？我倒要看看到时王元美怎么把总裁的位置让给彭博。”

“成功不了了。”祝置城叹了口气。

“怎么会？”邓加翔和祝涛异口同声地问。

“昨天晚上我发现，关键的一步，迈不过去。”

“你能迈过去！”祝涛和邓加翔又不约而同地说。

“确实过不去，我清楚。”祝置城眼睛看着窗外，眼神凄烈。

祝涛和邓加翔沉默。

“您可以转向研制生物计算机。”祝涛给父亲打气。

“对，天无绝人之路！”邓加翔生怕丈夫打退堂鼓。

“我想自己待一会儿。”祝置城说。

祝置城走进工作室。邓加翔给他端去一杯浓茶，出来时将门带上。

邓加翔和祝涛母子坐在客厅里相对无言。他们同情祝置城同情得肝肠寸断。

祝置城的眼前全是王元美和彭博打赌时的场景，他想象得出王元美那种嘲弄和猖獗的表情。祝置城实在咽不下这口气，感到心前区憋闷。祝置城打开抽屉拿出药瓶吃速效救心丸。

祝置城想：继续研制生化人肯定是死路一条。转向研制生物计算机？可王元美是拿生化人和彭博打的赌，出王元美丑的最好办法是研制成功生化人。祝置城想争这口气。

寻找将人转化为生化机器人的办法？这个念头一冒出来，吓了祝置城自己一跳。

祝置城清楚，研制出生化机器人难，但将活人转化为生化机器人相对容易，但这是违背科学道德违背伦理的做法，甚至可以说是犯罪。目前世界上尚无科学家打这种馊主意。

“寻找将动物转化为生化动物的方法！”祝置城眼前一亮。虽然他明白转化动物的方法找到后，转化人也就大功告成了，但他的良心可以接受这个自欺欺人的理由。

祝置城一拳砸在桌子上，吓了外边的母子一跳。

祝置城从工作室出来，邓加翔和祝涛一看就知道峰回路转柳暗花明了。

“咱们继续干！”祝置城说。

“还研制生化人？”祝涛问。

“寻找将动物变成生化动物的方法。”祝置城宣布。

祝涛呆了。他清楚这样做的后果。

祝置城看出儿子的惊诧，说：“咱们不是寻找将人转化成生化机器人的方法，咱们是研究动物。这很有意义，比如永远不用喂食的宠物，比如不吃不喝的马牛，比如警犬军犬。”

“动物和人只有一步之遥。”祝涛严肃地提醒父亲。

“当然，”祝置城说，“但人和动物之间毕竟有差别。何况咱们如果掌握了这项技术，绝对不会泄露出去。咱们不能怀疑自己的品质。”

“我赞成。”邓加翔说，“如果成功，王元美起码算输了一半。”

“那就试试吧。”祝涛比较勉强，他的同意是建立在觉得父亲不一定能成功的基础上。

祝置城毅然摒弃了四个月的徒劳，重新开始。

邓加翔和祝涛喜欢看工作时的祝置城，只见他左右逢源游刃有余地在工作室里纵横捭阖，分明是一个十足的天才。而昔日祝置城和王元美钩心斗角时，却显得龌龊猥琐，分明是一个小人。邓加翔甚至想，如果能有一种办法使人终生处于奋斗过程中就好了，永远不要成功，成功了就该开始众叛亲离尔虞我诈了。

尽管祝置城没有对杨虹表现出生化人有成功的迹象，但杨虹还是就此写了一篇夸张的报道，说旷达公司的王总和前祝总的秘书打了一个关于生化人的赌，这样的新闻自然只能屈尊忍辱负重地蛰居在杨虹自己的专版《商海搏击》中，未能荣登头版头条。

邓加翔没有将报纸拿给祝置城看。祝置城找当天的报纸时，邓加翔谎称被南希撕了。

几个月转眼过去了。这几天，祝置城进入了亢奋状态，几乎不吃饭不睡觉地连续工作。邓加翔和祝涛知道，祝置城临近成功了。

邓加翔兴奋，祝涛则喜忧参半。

在一个月明风清的夜晚，祝置城意味深长地看了看表。他要记住这个时间。他觉得自己已经成功了。祝置城制作了一个小型磁场发射仪，从理论上说，动物在磁场发射仪的多次照射下，最终会异化成生化机器动物。

现在是深夜两点，祝置城到卧室叫妻子。他看见妻子和衣坐在床头等着他。

“你怎么还不睡？”祝置城感动。

“我要和你分享成功的那一瞬间。”邓加翔已经从丈夫脸上明白无误地看到了成功。

祝置城和妻子拥抱。

祝涛站在敞着门的门口敲门，说：“我能进来共享吗？”

三个人拥抱。

邓加翔又在心里感谢王元美了，没有王元美，这两个男人会一起和她拥抱吗？祝涛是邓加翔当年和祝置城拥抱的结果，两位耕耘者共同簇拥已经成熟的果实，这样的场面在人间并不多见。

“已经成功了？”邓加翔明知故问。

“百分之八十吧，剩下的百分之二十需要做实验才能证实。”祝置城胸有成竹地说。

“怎么实验？”祝涛问父亲。

“找个动物就行。”祝置城说。

“还找什么，就用南希吧。”邓加翔推荐南希。

“没有危险吧？”祝涛问。

“没有。顶多是不能转变。”祝置城打消儿子的顾虑，“如果成功了，南希就是世界上第一只生化猫。”

“南希成了生化猫，就真的可以不吃不喝不睡觉了？”邓加翔每天给南希换猫砂倒屎倒尿早烦了。

“对。它还可能长生不老，起码寿命大大增加。”祝置城说。

“这么好的事儿，把我也变成生化人得了。”邓加翔开玩笑。

祝涛说：“南希变成生化猫后，严格说，它就不是猫了，而是机器。机器就没有生命的乐趣了。”

“咱们多长时间能把南希变成生化猫？没有三个月不成吧？”邓加翔问。她希望能在王元美和彭博的打赌期限内成功。

“估计只需要二十天。”祝置城打了个哈欠，“咱们先睡会儿，今天上午开始拿南希做实验。”

邓加翔将电话机上的电话线插头拔掉。全家人一觉睡到上午十一点。

用餐后，实验开始。邓加翔将南希关进猫舍，南希显得有些不安。

祝置城吩咐祝涛将猫舍拿进工作室。祝置城把磁场发射仪对准猫舍，打开开关。

“咱们离开工作室。”祝置城对家人说，“就这样每天照射一个小时，预计二十天左右会有结果。”

“磁场面积很小吧？”祝涛担心地问。

“方圆五米。”祝置城伸了个懒腰，“请放心，绝对够不着咱们。”

在第十七天的时候，邓加翔发现南希不吃饭了。

“置城，小涛，你们来看，南希不吃饭了！”邓加翔在厨房喊道。

祝置城和祝涛跑进厨房，看见南希面对香喷喷的饭菜无动于衷。

“拿猪肝给它。”祝置城说。

猪肝是南希胃口的第一顺序所爱。

南希连看都不看猪肝一眼。知猫莫如主。这在南希的生命历程中是史无前例的。

“咱们基本上大功告成了！”祝置城宣布。

“干吗是‘基本上’？”邓加翔笑容满面地问。

“连续观察三天，如果南希不吃不喝不睡觉又活蹦乱跳，才是完全成功。”祝涛替父亲回答。

三天后，精力充沛的南希宣告了祝置城的成功。在这三天中，南希没吃一口饭，没喝一滴水，没睡一次觉。

“我真想抱着南希去王元美的办公室，看他怎么说！”邓加翔喜形于色。

“这事不能张扬，绝对不能让外界知道，不得了。”祝涛看着爸爸对妈妈说。

祝置城点头。

“白成功了？”邓加翔感到遗憾。

“过程最重要。看老爸工作，那才叫享受！这世界上最享受的事就是从事自己喜欢的工作，其他都是扯淡。”祝涛给人类的享受下定义。

“和情人在一起也是享受。”邓加翔给儿子导向。

“和工作不能比。”祝涛意味深长地说。

“小涛，你不能一朝被蛇咬十年怕井绳。该找女朋友了。”邓加翔劝儿子，“不能让魏婷婷耽误你。”

“一提这事我就烦。”祝涛冲妈妈摆手。

“顺其自然吧。”祝置城对妻子说。

邓加翔问祝置城：“你最近干吗老站着不坐着。”

祝置城说：“我发现，站着是占便宜，坐着是坐吃山空。”

邓加翔想了想，说：“从健康角度，真是这样。”

邓加翔说完，也站起来。

第十二章　女一号肖慧勤终于登场

祝置城在享受了区区几天的成功喜悦后，像所有成功人士那样，进入了成功后的彷徨期。大凡属于天才档次的成功者，在成功后都找不到奋斗时企盼的那种成功后的充实感觉。最令他们魂牵梦萦的是奋斗过程而不是成功后。

邓加翔和祝涛都察觉到祝置城进入了他们熟悉的成功后状态，祝涛将其命名为“后成功失落期”。

“爸，现在电影院上演一部美国大片，是你喜欢的那个叫汤姆什么的好莱坞男大腕儿主演的，女主演也挺酷，叫黛什么，咱俩去影院看看？”祝涛对祝置城说。

“等以后网上有了，在家看吧。”祝置城提不起兴趣。

“要不咱们出国旅游？”邓加翔建议。

“找旅游公司？和一帮素不相识的人同吃同住同行半个月？任凭导游像幼儿园老师对小朋友那样愚弄盘剥克扣？你去问问，有第二次再参团旅游的吗？旅游公司应该改名叫一次性地狱旅游公司。”祝置城可找到了发泄的渠道。

“没错。”祝涛赶紧响应爸爸，“昨天我从报上看到，如今一次性地狱旅游公司把国内游客都宰了一遍，没有回头客了，就把眼光盯在了中小学生身上，不知是哪个旅游公司的天才最先想出的这个主意。他们到学校拉客，向老师许愿，只要老师能组织十名学生去香港或新马泰，老师就可以免费去旅游。如果能骗到十五名学生出境，老师就可以带上自己的孩子或配偶免费出国。那叫出国旅游吗？一共五天，来回坐火车花掉两天，住的是境外学校的行军床，吃的是自带的方便面，学生手拉手不准东张西望。有孩子回来被家长问感想，说基本上属于第二次军训。报纸上说，有更损的，有所学校收了学生出国旅游的钱，老师把学生带到北京世界公园玩了两天，还在假埃菲尔铁塔假林肯纪念堂前猛让学生留影，就算是周游了世界。家长敢怒不敢言。减负后，老师带学生出国旅游美其名曰推行素质教育，说白了，老师是兼职干起了蛇头的营生。增负老师创收，减负老师也创收，这就叫旱涝保收。”

“没错，听说学校减负政策出台后，家长排队争抢老师去家中给孩子当家教，由于狼多肉少，老师都快竞标拍卖了，供不应求。家教市场也火爆异常。家长都怕自己的孩子减负人家的孩子没减吃大亏，反而拿出迎头赶上的架势。有位所谓优秀生的家长在减负后特意给孩子重温了一百遍龟兔赛跑的寓言，鞭策孩子千万不要睡大觉，以免让差生爬进大学校门去。”

“我一句旅游，引出你们父子这一堆话。”邓加翔笑，“这才叫抛砖引玉。”

电话铃响了。邓加翔近水楼台拿起话筒。

“是祝置城家。您是？在哪儿？上午几点？他争取去，谢谢。”邓加翔挂上电话。

祝涛和祝置城看邓加翔。

“你的老单位生物研究所来电话，明天是建所五十周年，开庆祝会，希望你能参加。人家特别说明，原来的领导都不在了，新领导邀请你参加所庆。去转转吧，见见老同事，散散心。”邓加翔说。

“王元美也会去吧？”祝涛提醒母亲。

“这种事，他不会去。他只参加所谓上档次的活动。”祝置城有把握地说。

邓加翔看出丈夫准备去，说：“我陪你去。”

次日上午，祝置城在邓加翔的陪同下，出席生物研究所的所庆活动。

冤家路窄，正当祝置城和老同事交谈时，王元美过来了。气氛顿时紧张起来。

赵所长见状忙缓和：“老祝，你和老王都是从咱们所出去的，是咱们所的骄傲。你们闹不和，我们心里也不好受。希望你们今天能给我个面子，借这个机会，摒弃前嫌，握手言和，怎么样？”

王元美对赵所长说：“他不会给您面子，如今祝先生正在研制生化人，就等着拿诺贝尔奖了。”

祝置城脸上红一阵白一阵。

“王元美，你不要得意忘形，置城不是弄不出生化人！”邓加翔反击。

“咱们去那边坐。”赵所长拉走了王元美。

“嫂子，成功后，一定请我喝酒。”王元美回头说。

“王八蛋！”祝置城在社交场所失态骂道，“我会让你王元美看到生化人的！”

“君子一言，驷马难追。”王元美说。

祝置城拂袖而去。邓加翔紧跟。

回到家里，邓加翔比祝置城还生气，对祝置城说：“王元美太不像话了，他肯定是知道你去参加所庆才去的。这口气我咽不下。置城，你拿我做实验，把我变成生化人，我要让他王元美低头！”

“这可不行。”祝置城说，“绝对不行。”

“咱们是一家人，又是我自愿的，别人没话说。”邓加翔坚持。

祝置城说："就像祝涛说的，成为生化人，严格说，就不是人了，再也不能享受做人的乐趣。我不能答应你。我怎么能将自己的妻子异化成机器人呢？"

"做人有什么乐趣？"邓加翔反问祝置城，"古人说，生为徭役，死为休息。人活着太累了，从上小学起就被没完没了的考试和作业压迫，好不容易大学毕业了，找理想的工作是如此难。找到工作老板刁难、同事下绊，稍不小心就会丢了饭碗。买了房子缺斤短两，找了配偶到结婚才知道庐山真面目……"

"行了行了，别说了，不管怎么着，反正我是绝对不会同意把你变成生化人，我下不去手。"祝置城斩钉截铁地说。

邓加翔没办法，只能放弃为"真理"献身。

中午，祝置城躺在床上午休，看着房顶上的吊灯，想起王元美在所庆上对他的羞辱，猛然坐起来。

"一定要弄出一个生化人给王元美看看！"祝置城恶狠狠地发誓。

拿定主意后，祝置城思索细节。拿谁做实验呢？家里人肯定不行。可如果是外人，谁会每天老老实实来这里接受一个小时的磁场照射而不心生疑惑？祝置城估计，异化人最少需要五十天时间。强迫弄一个外人来家里属于非法拘禁或绑架，祝置城不能干他也不敢干。

吃晚饭时，祝涛和邓加翔看出祝置城有心事，邓加翔以为祝置城还在为上午的事生气。出去找了 天工作刚回来的祝涛边吃饭边问爸爸怎么了。邓加翔将王元美上午的所作所为告诉儿子，祝涛劝祝置城不值得跟这种人生气，还说王元美这么做就过分了，王元美是不是到了更年期。祝涛为分散祝置城的注意力，说今天在地铁乘车时听别人聊天有个电视连续剧挺不错，咱们看看。祝涛打开电视机，正好那电视剧刚开始。

祝置城一边往嘴里送饭一边心不在焉地看电视屏幕，这是一部描写城里人使用保姆的电视剧，屏幕上一个女主人正去家政服务公司找保姆。祝置城心里一动：保姆！保姆！！只有保姆能名正言顺地到我家来住五十天以上。她本人不生疑邻居不生疑家人也不会生疑，每天悄悄使用磁场发射仪照射她一个小时绝对不成问题。

“老爸，你怎么了？”祝涛发现爸爸死盯着电视机发呆。

“咱家需要找个保姆。你妈岁数大了，该享享福了。”祝置城顺水推舟顺理成章天衣无缝地开始实施自己的计划。

祝置城不敢把自己的计划告诉家人。他知道这么做很丑恶，特别是拿乡下人做实验，属于柿子拣软的捏。

“找吧，我同意。”邓加翔投赞成票，“我实在不想刷碗了。”

“一部电视剧创造了一个就业机会。”祝涛边吃边说，“也不知道谁来咱家当保姆，这可真是缘分。”

次日上午，心怀叵测的祝置城到一个家政服务公司物色目标。家政公司的大厅里坐满了找工作的乡下姑娘。城里人在大厅里转来转去，寻找自己满意的保姆，眼光就像在超市选货。

一个身材不低背双肩包的乡下姑娘引起了祝置城的注意，祝置城估计她有十九岁。

“你是第一次来城里？”祝置城要找没见过世面的新手，“多大？文化程度？叫什么名字？”

“我叫肖慧勤，十九岁。初中毕业。第一次来城里。”她说。

第十三章　前肖自然村

肖慧勤身份证上的住址是甘肃省某县小望乡前肖自然村。这是她出生和生长的地方。在十九岁前，肖慧勤几乎从来没离开过前肖自然村一步。

肖慧勤的家在中国完全可以当之无愧地称得上是最低阶层。而肖慧勤是这个最低阶层家庭中的垫底阶层。

肖慧勤的父母有三个孩子，两男一女。肖慧勤居中。在自古重男轻女的愚昧土地上，上有哥哥下有弟弟的肖慧勤终日受的是夹板气。当哥哥和弟弟同她发生冲突时，父母历来偏袒男孩子。于是哥哥和弟弟更加有恃无恐地对待肖慧勤。在肖慧勤十五岁时，一次哥哥从外边干活回来，吃了一口妹妹做的饭，觉得不满意，抬手就打了肖慧勤两个嘴巴。父亲回来看见女儿脸上的血印，问怎么了，肖慧勤哭着说哥哥嫌饭不好吃打我。父亲听罢掀开锅尝了尝面条，说："是难吃，该打。"父亲说完走到女儿身边也打了她一巴掌。弟弟从两岁开始就可以倚仗性别优势欺负肖慧勤。他拉完屎都是让家里养的黄狗舔屁股。一天两岁的弟弟突发奇想，拉完屎非要姐姐给他舔屁眼，肖慧勤不干，母亲就打她，还说男孩儿的屎比女孩儿的唾沫都干净。

肖慧勤生命中唯一的乐趣是过春节。过春节时，父亲会给孩子压岁钱，肖慧勤每次得到的压岁钱在家里的孩子中虽然最少，但她很满足。肖慧勤得到最多的一次压岁钱是一百分整。她将那一元钱珍藏了半年，后来被父亲贷走至今未还。

前肖自然村的孩子管父亲不叫爸爸，而是叫“大”，一个大字，足以彰显父亲在家中至高无上的地位。

肖慧勤不知道什么是穷，以为全世界都是这样。

家里的地都是母亲种。肖慧勤的父亲去县城里的工地上当民工，由于他没有技术，只能当小工，挣的钱还不够他当赌资的。父亲嗜好赌博，在建筑工地挣的几个钱都被他输光了。最令肖慧勤烦恼的，是父母无休止的争吵甚至动手打架。当一方告败后，肖慧勤肯定成为落败方的出气筒。以至于后来发展到肖慧勤一看到父母打架就赶紧躲出去避难。

去年的一天，家里出了大事，这是导致肖慧勤下决心离开前肖自然村的直接因素。

那天上午，村长带着几个乡里来的人到肖慧勤家收税。

见到父亲老老实实交钱，刚从外地打工回来见过点儿世面的哥哥问村长：“你们有税票吗？”

乡里来的人惊奇地问：“税票？”

哥哥说：“收税得有税票，没有税票，我们不交。谁知道你们拿这钱干什么？”

一个人说：“吃了豹子胆了你！连国家银行收那些懂法的城里人的储蓄利息税都不给他们开具正式税单，也没见谁使用放弃存款的方法抗税。你个农民交税哪儿来这么多事？”

“没有税单我们不交。”哥哥对父亲说。

“你再说一遍？”乡里来的一个人瞪眼了。

哥哥毫无畏惧地又说了一遍。在那一刻，肖慧勤突然很钦佩哥哥。原来他不光对她厉害，对谁都一样。这让她心里感到一丝安慰。

一个人突然从裤腰带上摘下手铐，另一个人和村长一起抱住哥哥，哥哥被铐住了双手。

“你们凭什么铐我！”哥哥挣扎。

“你小子别动，手铐可是越动越紧！”村长说。

“你们快放了我娃。我交税，我不要税票！”父亲央求村长。

“送到乡派出所去！”一个人说。

肖慧勤看着他们将哥哥推搡走了，她吓得浑身发抖。肖慧勤万万没想到的是，这是她和哥哥的最后一次见面。

哥哥被送进乡派出所后，恰逢有人请派出所的警察吃饭，三个警察都要去，于是他们将肖慧勤的哥哥铐在水管子上。在他们外出用餐的时候，派出所失火，肖慧勤的哥哥被大火活活烧死。

无权无势的肖家乖乖地接受了派出所的一次性赔偿两千元。只三天，父亲就在赌桌上将这笔钱输得精光。肖慧勤从来没见过母亲如此像疯狗般和父亲不依不饶地厮打。

日后，当肖慧勤偶然从邻居口中得知父亲在一场赌局上输红了眼将她当赌注押上时，她清楚自己必须离开这个家了，虽然万幸父亲在那次赌博中没有一败涂地。肖慧勤在村里算是有几分姿色的女孩子。

这些年，村里不断有姑娘去大城市当保姆，谁家的娃往回寄钱，谁家的大人脸上特光彩，那张汇款单恨不得在全村传阅，比乡政府贴的收款通知布告的收视率还高。

肖慧勤决定通过去大城市当保姆离开家，她怕父亲哪天拿她当赌注时满盘皆输。

“我要进城当保姆。”这天中午，肖慧勤对父母说。

“干啥？”父亲问，“在家待着不好？”

“挣钱。”肖慧勤说，“村里小芳去年出去的，现在一个月能净挣三千元。管吃管住。大，我也想去。”

“我也去。”母亲早就不愿意待在这个家了。

“胡说！都去了，谁种地？谁做饭？”父亲喝道，“只能去一个！慧勤去吧。”

月工资三千元对父亲的诱惑力是很大的，他在工地上当民工的收入最高历史纪录是两千元。

“给家里寄钱。”这是父亲送肖慧勤上车时叮嘱的最后一句话。

在家政服务公司，肖慧勤遇到的第一个客户是祝置城。

醉翁之意不在酒的祝置城按自己的要求面试肖慧勤：“你家里都有什么人？”

“我大，我妈……”肖慧勤说。

“你大？什么是大？”祝置城问。

“大就是爸爸。我们那儿管爸爸叫大。”肖慧勤解释，“还有一个哥哥和一个弟弟。不对，没有哥哥了，哥哥死了。”

“你哥哥怎么死的？”

“在派出所被烧死的。”

“在派出所烧死的？”祝置城刨根问底。他不能将一个犯罪家庭出身的保姆引狼入室。

“乡里来我家收税，我哥跟乡干部要收据，人家就把我哥铐到派出所去了。后来派出所失火，我哥被烧死了。”肖慧勤眼圈红了。

“你家没告派出所？”祝置城认为遇到这样的事起码得让派出所赔十万元。

“没告。派出所赔了我家两千元。”肖慧勤低下头说。

“死了人，就赔两千元？”祝置城表面惊讶，心里却暗喜。他由此认为肖慧勤完全符合他的要求。祝置城推定，在重男轻女的农村，肖家死了儿子获赔两千元就搞定了，将来即使肖慧勤的家人发现女儿被祝置城弄成了生化机器人，一千元赔偿足以封顶。

祝置城有罪恶感，他心虚地看四周。

肖慧勤以为祝置城对她不满意，还要找别人，急忙说：“我能吃苦，干什么累活都行！”

“好吧，”祝置城说，“去我家只做家务，没有小孩和老人。每月三千五百元。行吗？”

“我去。”肖慧勤使劲儿点头。

祝置城带着肖慧勤到窗口办手续签合同。

第十四章　抽油烟机导致出浴事件

祝置城将肖慧勤领回家时，只有邓加翔在家，祝涛出去找工作了。

“她叫肖慧勤，甘肃人。”祝置城对邓加翔说。

邓加翔从未用过保姆，感到新鲜。

“多大了？”邓加翔问肖慧勤。

“十九岁。”肖慧勤说。

“当过保姆吗？”邓加翔问。

“没有，头一次进城。”肖慧勤说。

邓加翔上下打量肖慧勤。肖慧勤脸上的皮肤虽然粗糙，服装虽然简陋，但邓加翔一眼就看出这个农村姑娘拥有不亚于欧洲名模的一流身材。

“这是我妻子邓加翔，你就管她叫阿姨吧。”祝置城对肖慧勤说。

“阿姨。”肖慧勤练习发音，农村没这个称谓。

“洗个澡，我给你找几件我的衣服换上。”邓加翔说。

邓加翔没有女儿，肖慧勤的到来使她隐隐约约产生了从天上掉下一个女儿的感觉。肖慧勤虽然是以保姆身份来到邓加翔家的，但不知为什么邓加翔初次见就对这个农村女孩儿有好感。

邓加翔将肖慧勤带进卫生间，手把手教她如何使用淋浴装置洗澡。

“洗完澡，换上这些衣服，估计你穿上可能小点儿，先凑合凑合，以后再买合适的。”邓加翔将衣服放在卫生间的凳子上，从外边关上门。

肖慧勤洗生平第一次澡。在前肖自然村，滴水贵如油。用水洗澡，是想都不敢想的事。

邓加翔在客厅对祝置城说：“我看这孩子不错，一个月多少钱？”

“三千五百元。”祝置城说，“家政公司规定，刚开始是两千元，往后每个月增加一百元。我觉得咱们家可以从三千五百元开始。”

其实祝置城是问心有愧，所以他有意出高价寻求良心上的平衡。

“三千五百元不多。”邓加翔说，“希望她能干长点儿时间。”

“据说保姆都干不长。”祝置城赶紧埋伏笔。

“那要看双方处得怎么样，对了脾气，待一辈子的都有。人家马克思的保姆从十六岁开始就伺候马克思，跟了马克思一辈子。马克思死了，她又接着伺候恩格斯。那保姆死后和马克思葬在一起。”

“人家那是献身共产主义事业，那叫有追求。如今的保姆有这么高的觉悟吗？就算有，世界已经不可能再产生马克思了。万一跟上个黑社会老大或贪官污吏或王元美那样的小人一辈子，那不成了终生助纣为虐了？你别想得太远。家政公司的一个雇主对我说，现在的保姆，能在一家待上二个月就不错，你别奢望葬在一起。”祝置城一边喝茶一边说。

楼下传来“清洗抽油烟机”的吆喝声。

“咱家的抽油烟机早该清洗了，你跟我抬下去让他清洗清洗。”邓加翔说。

“你让他上来抬呀。”

“电视上说，有坏人冒充清洗抽油烟机的先到居民家踩道。我不能让他们进家。”邓加翔被媒介上的《警钟长鸣》《百姓话题》等节目吓破了胆。

祝置城点头。

邓加翔将头伸出窗户，招呼清洗抽油烟机的“犯罪嫌疑人”等着。

祝置城和邓加翔将油乎乎的抽油烟机从灶柜上拿下来，往楼下抬。当他们走到单元门口时，碰上了正要上楼的祝涛。

“我抬。”祝涛要从邓加翔手中接抽油烟机。

“已经到了，你别再沾手了。”邓加翔说。

“那我先回家了。”祝涛说。

祝置城和妻子将抽油烟机拿给那外地人。

祝涛进家先上厕所。当他大大咧咧推开卫生间的门时，呆了。卫生间里有一个全裸的姑娘刚洗完澡正准备穿衣服，其身材酷似一幅世界名画上的女主角。在那一瞬间，祝涛才明白，魏婷婷的好看只局限在脸上。

“你是谁？你要干吗？”肖慧勤慌了，拿手遮挡。她第一次觉得自己的手小。

欲盖弥彰更美。

祝涛看傻了。

待他回过味儿来，才赶紧关上门，在门外说：“你是谁？洗澡怎么不插门？”

“我是保姆……”肖慧勤说话没了底气。如此被男人看身子，在她还是头一回。

祝涛猛然想起爸爸今天上午去找保姆的事。

祝涛回到自己的卧室，坐着发愣。他被肖慧勤的身材震撼傻了。

祝置城进家问祝涛："小涛，工作找得怎么样了？"

没听到回答，祝置城到祝涛的房间门口往里看，见儿子在发愣。

"怎么了？不顺利？"祝置城问儿子。

祝涛醒过神来，说："您说什么？"

"还没找到工作？"

"没有理想的。我想干的，人家不要我；人家要我的，我又看不上那工作环境。"祝涛心不在焉地说。

"上午有艳遇？"祝置城从儿子的眼神中读到了心猿意马四个字，"帮助了一位骑自行车摔倒的姑娘？"

"我没那福气，听说您和妈妈就是这么相恋的。在我视野里摔倒的，都是四十岁以上的女士和四十岁以下的男士。"祝涛历来欣赏爸爸和他的平等，从他上初中起，祝置城就和他探讨班上的女生。

"你的目光告诉我，我儿子上午和异性接触过。"祝置城自信地说。

"真的没有，老爸。"祝涛红着脸说，"咱家找到保姆了？"

"找到了，正洗澡呢。该出来了，怎么洗这么长时间？"祝置城看表。

"她是哪儿的人？今年多大了？"祝涛佯装心不在焉地问。

"家是甘肃的，贫困地区。刚十九岁。"祝置城说。

邓加翔一进家就嘟哝："洗个抽油烟机敢要二百元。"

祝置城对邓加翔说："小肖该洗完了，怎么里面没动静？你去看看，不会触电了吧？"

邓加翔进卫生间，见穿好衣服的肖慧勤站着发呆。

"洗完了？怎么不出来？"邓加翔说，"把你的脏衣服放在那个盆里，用开水烫烫再洗。"

邓加翔担心肖慧勤身上有虱子。

“来见见我儿子。”邓加翔将肖慧勤领到祝涛的房间门口，“这是我儿子小涛，你今后就管他叫哥哥。我们家的三个人都在这儿了。”

肖慧勤两颊通红，她没有勇气看祝涛。心里只有一个念头：这个男人看过我。

“你怎么了？”邓加翔发现肖慧勤的异常，“农村是封建，但也不至于见了男孩子脸红到这个程度呀！”

“小肖没见过世面，慢慢就好了。”祝置城说。

祝涛清楚如果自己也腼腆得不说话，母亲就该跌破眼镜了。

“你上过什么学？”祝涛话一出口就后悔了，怎么能哪壶不开提哪壶呢？贫困地区的女孩儿能上什么学？

“小肖是初中毕业，我在家政公司看了她的毕业证书。”祝置城替面红耳赤的肖慧勤回答。

“那初中毕业证书是假的。”肖慧勤说，“我只上过三年小学。我们出来时，村里都给办假初中毕业证，说是好找工作，二百元办一个。”

祝涛看见了肖慧勤的品质和她的身材同步漂亮。

“现在你跟我下楼去拿抽油烟机。”邓加翔对肖慧勤说。

“我和她去抬。”祝涛说。

祝涛和肖慧勤从楼下往上抬抽油烟机，两个人都没用手。祝涛用狂跳的心脏抬，肖慧勤用脸上的红霞抬。

第十五章　团伙失眠

次日上午，祝涛继续去找工作。当邓加翔带肖慧勤出去买菜时，祝置城趁机进入肖慧勤睡觉的屋子安装磁场发射仪。

肖慧勤住的房间原是祝置城家的储物室，邓加翔昨天稍加收拾后，在里边支了一张行军床。

储物室里的东西比较杂乱，很适合祝置城藏匿磁场发射仪。昨天夜里，祝置城给磁场发射仪增添了遥控功能。

当祝置城将磁场发射仪安置好后，邓加翔和肖慧勤买菜回来了。

祝置城装作若无其事地坐在沙发上看报，他的心脏猛往全身加压打血，他清楚自己裤兜里的遥控器能打乱人类的步伐，现在停止还来得及。导致祝置城执迷不悟义无反顾的因素有三个：王元美、成功欲、也许不行。

邓加翔在厨房教肖慧勤做饭，这是一项艰难的工程。邓加翔单是告诉肖慧勤为什么拿完拖把一定要洗手就说了三十分钟。邓加翔在教肖慧勤时，获得了每个城市家庭主妇在调教保姆时都有的那种国家元首领导感：我说的每一句话对你来说都是真理，你必须不折不扣地执行，比如抹布怎么用，比如案板使完了放在哪儿。

午餐前，祝涛春风满面地回来了。

“我找到工作了！”祝涛顾不上换鞋就兴奋地向家人宣布，“明天正式上班。”

祝置城和邓加翔闻声到门口向儿子贺喜。

“哪家公司？”祝置城问。

“你很满意？”邓加翔从儿子脸上看出喜悦。

“是一家很大的房地产公司。”祝涛一边往厨房看肖慧勤一边说。

“饿了？马上吃饭。”邓加翔看走了眼，儿子的情感饥饿被她误认为是肚子饥饿。

祝置城一家人围坐在餐桌旁，肖慧勤小心翼翼地端上饭菜。

“咱们尝尝小肖的手艺，”邓加翔说，“小肖，来，坐我旁边。”

祝置城吃了一口菜，说：“很有邓系菜的味道嘛。”

祝涛看着肖慧勤说：“好吃！”

肖慧勤脸红了，说：“是阿姨做的。”

“是我指挥你做的，晚饭你就单独做了。”邓加翔给肖慧勤夹菜，“不要客气，从今往后，咱们就是一家人了。”

肖慧勤没想到城里人平日的饭菜比她家过年时吃的还好几百倍。她舍不得咽嘴里的那块肉，反复咂摸味儿。

“又不是口香糖，别来回嚼，快咽了吃下一口。”邓加翔对肖慧勤说，“你们家吃什么饭？”

城里人用保姆时最爱干的事是强化城乡差别，个个用了保姆后都觉得自己家成了天堂，不是因为有了保姆成了天堂，而是因为和保姆家的经济状况相比成了天堂。

“房地产公司让你做什么？”祝置城问儿子。

“售楼。”祝涛说。

“月薪多少？”邓加翔问。

“没有基本工资，全部销售提成。”

“这样好。但要看他们的房子怎么样。”祝置城一边吃一边看着儿子说，“如今，每栋新竣工的建筑都可能是一座行贿受贿耻辱柱。”

“拜托老爸，说点儿吉利话好不好，人家刚找到工作。”祝涛说。

“光是销售提成，一个月能拿多少？没有保障吧？”邓加翔问儿子。

“少的一分没有。多的一个月能拿五万。”祝涛说。

“小涛这么长时间没找到工作，小肖一来就找到了，没准儿你能给我们家带来好运。”邓加翔对肖慧勤说。

“有可能。”祝涛看肖慧勤。

肖慧勤的脸变成了西红柿。

“公司人事部经理录取的你？”祝置城一边喝汤一边问祝涛。

“对。我已经和销售部的几位同事认识了。”祝涛说，“我们公司最近有麻烦，一客户状告我们公司房子质量有问题，公司聘了名律师打官司。”

“听听，已经‘我们公司’了。”邓加翔说。

“如果我是总经理，就要小涛这样的员工。”祝置城说，“不过，商家和消费者打官司，结局肯定是商家输，不管法官怎么判。”

“很深刻。”祝涛点头回味爸爸的话，“我明天争取把这话告诉我们总经理。”

祝置城和邓加翔都明显感觉到儿子的精神面貌焕然一新，以为这是祝涛找到工作的结果。他们错了。

下午，祝置城和邓加翔去美术馆给一位老朋友举办的个人画展捧场。家里只有祝涛和肖慧勤。

肖慧勤将地擦了一遍，只剩下祝涛的房间没擦了。她站在祝涛的房间门口踌躇。

“给我，我擦。”祝涛放下手中的书，对肖慧勤说。

“我擦。”肖慧勤红着脸进入祝涛的房间擦地。

祝涛看肖慧勤。肖慧勤觉出来了，她抬头，目光和祝涛碰上了，脸红骤然升级。

见肖慧勤擦完了，祝涛说：“你坐会儿，休息休息，这是我给你的赔偿。”祝涛将一大块包装精美的巧克力递给肖慧勤，“我又不是故意闯进去的，你不能老想着这事，老见我就脸红，脸红容易脑溢血。脑溢血你知道吗？你们可能叫瘫了。”

“你说瞎话，我家邻居李婶子就瘫了，她脸皮可厚呢，从来不脸红。”肖慧勤红着脸说。

见肖慧勤不接巧克力，祝涛将巧克力的包装打开，送到肖慧勤手中，说：“你可能没吃过，这叫巧克力，是一种糖，你尝尝。”

肖慧勤吃了一口，说：“咋是苦的？”

“先苦后甜。”祝涛鼓励肖慧勤继续吃。

“是好吃。”肖慧勤说。

“你家几个孩子？”祝涛问。

“三个。上边一个哥哥，下边一个弟弟。”肖慧勤说，“不过哥哥已经不在了。”

“怎么回事？”

肖慧勤将哥哥因“逃税”罪名被乡干部铐走烧死的事告诉祝涛。

祝涛眼睛里竟然出现了泪水，这使肖慧勤很感动。

“其实，偷税最多的不是老百姓，是官员。”祝涛说。

“官员是管收税的，他们怎么偷税？”肖慧勤问。

“官员挥霍公款是偷税行为，偷纳税人交的税。”祝涛说。

“乡干部公款吃喝公款旅游就算偷税？”肖慧勤问。

“算偷税！”

“那怎么没人铐他们？”

“不是不铐，时候未到。时候一到，全都戴铐。”祝涛咬牙切齿。

“真要有那一天，我哥死也合眼了。”肖慧勤的眼泪夺眶而出。

祝涛从纸巾盒里拿出一张纸巾给肖慧勤。

“美国从前有个叫安德鲁·杰克逊的总统，他给美国总统下的定义是‘体面的奴隶’。其实，所有官员都应该是体面的奴隶，包括你们那儿的乡干部村干部。”祝涛说。

“我们那儿的干部是体面的奴隶主。”肖慧勤擦眼泪。

“官员只有两种，一种是体面的奴隶，另一种是体面的奴隶主。前一种是老百姓的福气，后一种是老百姓的灾难。”

他俩越谈越投机。

肖慧勤做晚饭时，有很多事不清楚，祝涛志愿为她指南。吃晚饭时，邓加翔惊讶肖慧勤首次单独做饭就炒出了高水平的菜。

“小肖做饭有悟性，是无师自通档次。”邓加翔夸奖肖慧勤。

肖慧勤埋头吃饭不说话，笑，脸不红了。

深夜十二点时，祝置城躺在床上按下了磁场发射仪遥控器上的按钮。他的右手攥着遥控器放在小肚子上。祝置城睁着眼睛算时间。

“你没睡？”邓加翔被祝置城没打呼噜吵醒了。

祝置城吓了一跳，忙搪塞：“睡了，刚醒。”

邓加翔翻身面朝祝置城，伸手过来，她在丈夫的小腹附近摸到了遥控器。

“这是什么？”邓加翔攥住遥控器问。

“……遥控器……”祝置城慌了，“我看完电视，用遥控器关上电视就睡着了。”

祝置城忙将遥控器从妻子手中抽出，放到他这一侧的床头柜上。

“下午看美展，站了那么长时间，你太累了，睡吧。应该有人建造带传送装置的美术馆和博物馆。”邓加翔心疼丈夫，她充满爱意地收回自己的手。

此时此刻，祝宅的四个人都醒着。

祝涛躺在床上翻来覆去睡不着，透明的肖慧勤在他眼前挥之不去。祝涛将肖慧勤和魏婷婷做比较，肖慧勤身上的优点是魏婷婷不具备的。祝涛意识到自己爱上肖慧勤了，如果在两天前有人说他会爱上保姆，祝涛肯定觉得那人是在骂他。祝涛发现肖慧勤身上有不少他在魏婷婷身上没见过的东西。魏婷婷后，祝涛怕城市姑娘了。

肖慧勤也睡不着，躺在行军床上的她并不知道自己正置身在生化磁场射线中。她觉得祝家人太好了。如此看来，城里人比她所知的农村人强多了，有文化和没文化就是不一样。一想到祝涛，肖慧勤身上就发烧，好像自己全身所有部位长满了祝涛的眼睛。肖慧勤喜欢祝涛这样的男性，他和前肖自然村那些蓬头垢面从骨子里歧视女性的男娃截然不同。肖慧勤从祝涛对她的态度上隐隐约约感觉到主仆关系之外的东西，但她不敢想。

深夜一点时，祝置城一边打呼噜一边关闭遥控器上的开关。

第十六章　画蛇添足的奶油派

“阿姨，咱家的猫怎么从来不吃东西？”到祝家已经一个星期的肖慧勤问邓加翔。

“吃啊，怎么不吃？每天我喂它。”邓加翔不想让肖慧勤知道南希是生化猫。

“我怎么没见过？”肖慧勤说。

“我都是在阳台上喂它。”邓加翔赶紧转移话题，“你该给家里写信了吧？”

“我不会写。”肖慧勤说。

“我帮你写。”邓加翔说。

邓加翔执笔帮肖慧勤给家里写了一封报喜不报忧将祝家描述成天堂的五好信：吃得好，住得好，玩得好，工资好，城里人对我好。

“置城，你下楼散步？顺便把小肖给家里写的信塞进邮筒。”邓加翔将信交给正换鞋准备出门的祝置城。

“小肖给家里写信了？”祝置城有些忐忑不安。

“我替她写的，从来没出过家门的孩子，去这么远的地方，家里肯定挂念。”

“应该稳定了再给家里写信，万一哪天她不愿意在咱们家干换人家了，咱们收到她家的回信怎么给她？”祝置城说。

“不会换了。”邓加翔肯定地说。

祝置城下楼后，将邓加翔替肖慧勤写的家信扔进了垃圾桶而不是邮筒。祝置城不愿意让肖慧勤的家人知道女儿在他家干过。

这是祝置城家很幸福的一段时光。

卸去家务的邓加翔每天有用不完的时间，她能够坐在镜子前化化妆，家人都说她起码年轻了十岁。她清楚他们不是恭维她而是说真心话，这从祝置城对她的某些要求骤然升温即可看出。

祝涛早出晚归为“我们公司”售楼，业绩非凡。每售出一套房子，祝涛都会慷慨地给父母提成。邓加翔脖子上多了白金项链，祝置城多了高档刮胡刀，两人心里共同多了只有儿女出息了才能给父母带来的那种甜蜜感。祝置城和邓加翔不知道，儿子每卖出一套房子，也会给肖慧勤提成，礼物五花八门，从巧克力到发卡。祝置城夫妇愣是没发现，也难怪，肖慧勤将祝涛送给她的小礼物全藏在心里了。

祝置城坚持每天深夜十二点遥控磁场发射仪生化肖慧勤一个小时。

五十天过去了。

这天吃晚饭时，邓加翔发现肖慧勤饭量越来越小。

“慧勤，”邓加翔已经改口管肖慧勤叫慧勤而不是小肖，“你最近怎么吃得少了？”

“不想吃。”肖慧勤说。

“没什么不舒服？”邓加翔关切地问。

“没有。”肖慧勤只吃了两口，就放下筷子。

“身上有劲儿吗？”邓加翔问。

“特有劲儿。”肖慧勤说。

“可能是油水足了。”心虚的祝置城说，“一般保姆刚进城时都特能吃，吃一段时间后，就吃不下去了。”

“估计是。”邓加翔说。

祝置城清楚自己离成功只有一步之遥了。他已经观察到肖慧勤近来饭量越来越小、工作能量越来越大和睡眠越来越少。祝置城估计，顶多再有五天，肖慧勤将成为地球上第一个生化机器人。

刚下班的祝涛一进家门就说：“我今天卖了三套房子！太棒了，这是我给你们的提成。”

祝涛打开书包，拿出名酒和香水各一瓶。

“香水给妈妈。酒给老爸。”祝涛说。

邓加翔无意间瞥见了儿子书包里的一盒“奶油派”。

“这是谁的？”邓加翔问。

祝涛忙说：“给慧勤吧。客户送我的。”

祝涛假装大大咧咧地从书包里拿出奶油派递给肖慧勤，肖慧勤红着脸接过去。

邓加翔觉出儿子口中的“客户送我的”属于欲盖弥彰。

“我饿坏了，快给我热饭。”祝涛对肖慧勤说。

邓加翔开始仔细观察儿子和肖慧勤之间的一举一动。

夜里上床后，邓加翔小声对祝置城说：“你觉得小涛和慧勤合适吗？”

“合适什么？”祝置城没听明白。

“小涛娶慧勤怎么样？”

祝置城吓了一跳：“你胡说什么？肖慧勤是保姆！”

“保姆怎么了？依我看，慧勤比魏婷婷强一百倍。”邓加翔说。

“绝对不行！你疯了？肖慧勤是农村户口！”祝置城气急败坏。

“你忘了当初我家不同意咱俩的婚事，就因为你是从农村考上大学的？”邓加翔惊讶丈夫门第观念的转变，“当时你还说我父母是鼠目寸光，还戏称娶我是买椟还珠，留下城市户口，人尽管回娘家。

你都忘了？”

“我是男的，再说我大学毕业后留在城里就是城市户口了。”祝置城清楚自己绝对不能给肖慧勤和祝涛开绿灯。肖慧勤已经不是人了。

“当初我向我家公开咱俩的关系时，你离大学毕业可还有日子呢！”邓加翔说，“我发现小涛对慧勤已经有意思了。”

“你说什么？”祝置城如遭雷击般脸色焦黑。

“刚才小涛送给慧勤一盒奶油派……”

“那是客户送给小涛的，小涛不爱吃甜的，顺手就给了小肖，你别想儿媳妇想得草木皆兵。”

“你买房子时会给售楼先生送奶油派？”

“……”

“小涛如果没这句话什么事都没有，加上这句话叫什么你知道吗？叫不打自招。我什么岁数了？连这都看不出来？”邓加翔说。

祝置城呆若木鸡。

“你怎么了？”邓加翔觉出隔壁的丈夫在发抖。

“你怎么才发现？！”祝置城突然咆哮道。

“你小点儿声！这肯定是小涛头一次向慧勤表示，就被我察觉到了。”

“那还来得及，还来得及……”祝置城喃喃自语。

“什么来得及？”

“小涛不能和保姆恋爱！我不同意！”

“现在都什么年代了？二十一世纪！你不同意儿女的婚事算什么？我警告你，小涛已经受过一次刺激了，他好不容易缓过劲儿来，咱们不能再刺激他了！”邓加翔义正词严地提醒丈夫。

祝置城并不讨厌肖慧勤。相反，随着相处时间的增长，祝置城越发觉得肖慧勤属于万里挑一的女孩子，如果祝涛能娶肖慧勤为妻，是祝涛的福气，关于这一点，祝置城非常清楚。当祝置城发现肖慧勤是金子时，已经遥控辐射她二十九天了，一个只能一条路走到黑的时间点。

当天晚上，痛不欲生肝胆俱裂的祝置城停止用生化磁场辐射肖慧勤。

已经晚了。

次日中午，肖慧勤一口饭没吃。

趁邓加翔午餐后下楼散步的机会，祝置城问肖慧勤："不想吃饭？"

"不想吃。"肖慧勤说。

"不饿？"

"一点儿不饿。"

"睡眠怎么样？"

"我已经五天五夜没睡觉了。"

"不困？"

"一点儿不困，从来没这么精神过。"

"身上有劲儿？"

"我可以一只手把桶装纯净水提上饮水机，刚来时可不行。叔叔，这是怎么回事？"

"可能是城里的食物有营养。"祝置城撒谎。

祝置城可以肯定肖慧勤已经是生化人了，他没有一丝喜悦，有的全是恐惧和罪孽感。儿子如果真的看上了肖慧勤，以祝置城对祝涛的了解，那将是一部惊天动地的爱情大片。当儿子最终发现恋人不是人时，当儿子知道凶手是自己的生身父亲时……

祝置城不敢往下想了。

一个罪恶的念头出现在祝置城脑海中，这是他唯一能为挽救这个家庭所做的努力。

第十七章　丑恶的诬陷

“小肖，你下楼去接阿姨回家。她上楼时你扶着她点儿，这个岁数的妇女容易骨折。”祝置城对肖慧勤说。

肖慧勤出去了。

祝置城将五张百元连号新钞塞进肖慧勤房间里的行军床褥子下边。

邓加翔在肖慧勤的陪伴下回到家里。

“我想吃芹菜。”祝置城对邓加翔说。

祝置城已经到厨房侦察过家里没有芹菜。

“慧勤，你去给你叔叔买点儿芹菜。”邓加翔中计。

肖慧勤走后，祝置城先是进到卧室空转一圈，然后出来用极平和极不容易令妻生疑的声调问邓加翔：“我放在床头柜里的五百元钱你拿走了？”

“没有啊。”邓加翔否认。

“怎么没了？”祝置城演戏才能不软。

“你再找找，是不是记错了放的地方？”邓加翔说。

祝置城回卧室再找，这回邓加翔也加入淘金行列。

“我确实是放在这个抽屉里了，五张一百元的，新钱，号码都是连着的。”祝置城说。

“是不是小涛拿走用了？”邓加翔就是不按丈夫的导向往肖慧

勤身上怀疑。

“小涛什么时候不打招呼到咱们卧室拿过钱？”祝置城循循善诱。

“这倒是。”邓加翔承认，“那……钱怎么会没呢？”

见夫人死活不开窍，祝置城只得自揭谜底：“会不会是小肖？”

“你什么意思？”邓加翔瞪祝置城，“你是说慧勤偷咱们的钱？”

祝置城说：“也不是没有这种可能。我上次去家政公司时，一个老客户告诉我，十个保姆九个偷。”

“慧勤就是那一个不偷的。”邓加翔正色道。

“我估计她也不会，”祝置城说，“不过钱确实没了，要不咱们去她的房间找找？”

“搜查人家的房间？我不干。”邓加翔说。

“怎么是搜查人家的房间？这明明是咱们自己家，产权证上写着我的名字嘛。再说了，如果她真的有这毛病，发现早了，对她对咱们都有好处。偷多了她可是会坐牢的。”祝置城从爱护肖慧勤的角度启发妻子。

“那就看看吧，肯定没戏。”邓加翔勉强同意。

祝置城和邓加翔走进肖慧勤的房间，祝置城声东击西翻查肖慧勤的东西，除了褥子。他要让邓加翔最先发现赃款。

“你别站着，也找找，她快回来了。”祝置城就差指着褥子说了。

邓加翔像原先在单位上班时糊弄敷衍领导那样翻看肖慧勤的被褥，五胞胎崭新的百元钞近似于自己从褥子下边蹦了出来。

邓加翔一愣，她回头看祝置城，祝置城有意案发时不在现场。

“置城。”邓加翔声音微弱。

“怎么？”祝置城故意不往床上看。

“真让你说着了。”邓加翔指着掀起的褥子下边。

“会不会是她自己的钱？咱们不能冤枉小肖。”祝置城拿起犯罪嫌疑款看。

“不会。”邓加翔脸色苍白，“肖慧勤来咱家后，我只发过她一次工资，全是五十元一张的。”

“会不会是慧勤自己带来的？”祝置城注意到妻子已经改口管慧勤叫肖慧勤了。他反而改口管小肖叫慧勤。

邓加翔苦笑着摇摇头，有气无力地说：“肖慧勤来时身上只有八元钱。你看，这钱确实连着号，是咱们的。”

祝置城右手接过钱，他赶紧换到左手，那钱将他的手烫起了泡。

“怎么办？”祝置城征求妻子的意见。

“你说呢？”邓加翔反问。

“退回去吧。家贼难防呀。”

“什么理由解除合同？”

“不要提偷钱的事，这有个面子问题。再说，如果咱们因为偷钱辞退她，她回到家政公司后就不好再找工作了。”祝置城说。

邓加翔看见了丈夫金子般的菩萨心。

“什么时候跟她说？”邓加翔问。

“她买菜回来我就送她走。”

“跟小涛怎么说？”

“实话实说。告诉他，小肖手脚不干净。”

“幸亏小涛刚刚喜欢肖慧勤，幸亏咱们发现她偷钱，如果再晚些日子，小涛和她感情深了，就麻烦了。”邓加翔长叹了口气，“你跟肖慧勤说吧，我就不见她了。辞退她时，应该再发她一次工资，虽然离上次发工资还不到一个月，就按一个月发吧，给她三千五百元。”

“把这五百元也给她吧，一个不到二十岁的农村女孩子孤身一人出来闯荡，也不容易。”祝置城不敢留这五百元，怕它们自燃，烧了他的房子。

邓加翔再次被丈夫的同情心感动得柔肠寸断。

祝置城到窗前往楼下看，他对邓加翔说：“小肖回来了。你回避？”

邓加翔目光近乎呆滞地离开肖慧勤的房间，她走进自己的卧室，关上门。

在肖慧勤按门铃时，祝置城借着门铃声的掩护，抬手打了自己一记不响亮但质量很高的耳光。

“叔叔，我买到芹菜了。”肖慧勤说，“叔叔，您的脸怎么了？”

“刚才我趴在桌子上眯了一会儿，硌的。”祝置城半张脸火辣辣的。

肖慧勤将芹菜拿进厨房。

“小肖，你来一下，我有事跟你说。”祝置城在厨房门口说完到工作室等肖慧勤。

肖慧勤洗手后走进祝置城的工作室。

“你坐。”祝置城指指椅子。

肖慧勤坐在祝置城对面。

“小肖，家政服务公司的合同上说，保姆的试用期是三个月。你到我们家已经快两个月了……”祝置城看着肖慧勤清澈的眸子，不忍再说下去。他认定自己是魔鬼。

肖慧勤看着祝置城。

“我们不想继续用你了……”祝置城终于说出了难度最高的话。

“为什么？”肖慧勤的眼泪固定在眼眶里。

“不是你……干得不好……是我们的经济收入……在减少……

我们家用不起保姆了……”

“我可以减工资！叔叔别让我走！”肖慧勤哀求。

“不光是工资。你吃住在我们家，就是一分钱工资不拿，每个月的伙食和水电费用也在三百元之上。”

“我保证今后不吃一口饭，不睡一分钟觉，你们可以撤了行军床。我也不用水电。对了，我还忘了告诉叔叔，最近我在黑夜里也能看书，不用开灯。”肖慧勤恳求道，“留下我吧，叔叔！我愿意在你们家，你们是好人。”

肖慧勤的眼睛已经被泪水淹没，那些泪水就是不掉下来。随着水位的升高，祝置城看见肖慧勤鼻子附近的皮肤出现了管涌。她的眼泪直接从汗毛孔渗出，形成泪流满面。

“这是你这个月的工资，再多给你五百元。我现在就送你回家政公司。”祝置城将五张百元新钞塞到肖慧勤手中。

“我必须走？”肖慧勤问。

祝置城点头。

“能晚上走吗？”

“为什么？”

肖慧勤不说话。

祝置城明白了，她是想见祝涛最后一面。

“晚上家政公司就下班了。咱们现在走。”祝置城说。

“阿姨呢？”肖慧勤问。

“她不舒服。”

“我不能见她了？”

祝置城残酷地摇头。

肖慧勤将手里的五张百元钞还给祝置城，说：“我只要三千五百元。”

祝置城急忙说："这是我们的一点儿心意，你一定要拿上。"

"你们经济困难，需要钱。三千五百元是我应该拿的工资。五百元我不能拿。"肖慧勤将三千五百元装进自己的衣兜，站起来。

祝置城尴尬地拿着手中的五百元，不知往哪儿放。钱、手脚和良心都不知往哪儿放。

肖慧勤到自己的房间收拾东西。片刻，她拎着包来到工作室门口，对祝置城说："叔叔，咱们走。"

肖慧勤换上了自己来时穿的那身寒酸衣服。相比之下，祝置城为自己更寒酸的灵魂自惭形秽。

"我没时间洗刚脱下来的阿姨借给我穿的衣服，叔叔您替我跟阿姨说声对不起。"肖慧勤说。

肖慧勤和祝置城出门时，她听见从卧室里传出邓加翔的哭声。

祝置城将肖慧勤送回家政服务公司，他在窗口办理退合同手续时，心虚得出了一头汗。只有他知道，数十天前他从这里领走的是甘肃前肖自然村的肖慧勤，而现在他送回来的，已经不是肖慧勤了。

家政公司的工作人员没有任何怀疑地接收了肖慧勤。

第十八章　祝涛被拘留

祝置城如释重负地回到家里时，已经是下午五点了。他一进家门，就看见邓加翔神色慌张。

“怎么了？”祝置城不安地问。

“你快来看！”邓加翔说完拉着祝置城往肖慧勤住过的房间走。

“看什么？”祝置城问。

“这些东西是肖慧勤留给小涛的。”邓加翔指着行军床上的一堆东西说。

祝置城看，有发卡、胸针、手帕、书、巧克力、笔和日记本，还有那盒奶油派。

祝置城心头一紧，他意识到问题严重了。这些东西说明，祝涛绝不是昨天才开始给肖慧勤送礼物的。

祝置城一屁股坐在行军床上，傻了。

“我怎么早没发现？！”邓加翔责怪自己。

“小涛回来时，咱们告诉他小肖偷了钱，他会解脱感情的，他已经具备了承受能力。”祝置城往好处想。

“你和他谈。”邓加翔不忍心看儿子痛苦。

“咱们一起和他谈。”祝置城底气不足。

邓加翔没有做饭，她和丈夫呆坐在客厅里等儿子下班回家，她希望祝涛晚些回来，这样儿子生命中的幸福时段会多一些。

当祝涛的钥匙插进家门上的锁里时，祝置城和邓加翔切实感觉到那分明是一把匕首一分为二地插进了他俩的心脏，血流如注。

“老爸，妈，你们肯定不信，我今天又卖了两套房子。公司副总经理说，如果这个月我再卖出三套房子，就提我当销售部副经理。”祝涛发觉气氛不对，“你们怎么了？”

祝置城和妻子对视，谁也没勇气先开口。

“慧勤呢？”直觉告诉祝涛异常气氛同他的恋人有关。

“小涛，你先坐下，听妈说……”邓加翔万箭穿心。

“咱家高压锅爆炸了？慧勤住院了？”祝涛发疯般跑进厨房。

祝置城的一只手自残自己的另一只手，血滴在地板上，祝置城心疼手不疼。

勘察过厨房知道未发生炊事方面的事故后，祝涛跑出来问父母：“慧勤得急病了？”

“小涛，你坐下。”邓加翔有气无力地说。

祝涛勉强坐下。

“今天上午，我和你爸发现……”邓加翔尽量拖延时间，以减少亲骨肉的痛苦时间段。

“发现什么？”祝涛逼问。

“发现……肖慧勤……偷咱们家钱……”邓加翔鼓足勇气说。

“慧勤偷东西？开什么玩笑？绝对不可能！”祝涛腾地站起来。

“她是偷了咱家的钱，我和你妈都能证明。”祝置城用做错了事的孩子对爸爸说话的口气对儿子说。

“不准你们再用‘偷’这个字往她身上泼脏水！”祝涛怒不可遏，“慧勤在哪儿？”

“你爸把她送回家政公司了。”邓加翔的声音比蚊子声的分贝还秀气。

“我去找她回来！”祝涛扔下书包，冲出家。

“小涛！你……”邓加翔站起来追儿子。

跑到门口的邓加翔从穿衣镜里看见身后的祝置城捂着心口，她知道丈夫需要速效救心丸。

用了药的祝置城躺在沙发上。邓加翔打开儿子的书包，里边是一个缎面首饰盒，盒子里是一条足金项链。

邓加翔瘫在沙发上。

祝涛下楼拦了辆出租车，他对司机说了家政公司的地址，然后催司机快开。

祝涛赶到家政公司时，人家已经下班了。

祝涛猛敲家政公司的门。

一位五十多岁的男人从里边将门拉开一条缝儿，他对祝涛说：“下班了，找保姆明天上午再来吧。”

“我有急事！”祝涛说。

“什么急事？”男人问。

“我家刚退了个叫肖慧勤的保姆，我有急事找她。”祝涛说。

“什么急事？”男人又问。

“我们冤枉她偷钱，现在我们找到丢的钱了。”祝涛说。

“这种事不少。”那男人说，“我给你看看她在不在，如果还没被顾客挑走，就会在里边休息。叫什么？”

“肖慧勤，甘肃人。”祝涛看见了曙光。

男人走到候选保姆夜间休息的大厅里，大声问：“有叫肖慧勤的没有？甘肃人！”

横七竖八躺在长椅上的保姆们没人应答。

男人又问了一遍。他回到门口对祝涛说：“她已经被顾客挑走了，里边没有她。”

“被谁挑走了？”祝涛急了。

“第一，我不知道。第二，就算我知道，也不能告诉你。”男人说。

“为什么？”

“我们公司有规定，不能向保姆的前客户提供现客户的信息，因为现客户不喜欢自家的保姆和前客户联系，懂了吗？”

“如果我明天上午来查，你们公司肯定不会告诉我肖慧勤去了谁家？”

“绝对不会，除非你是公安局的。”

“她有东西忘在我家了。”祝涛急中生智。

“你把东西拿来，我们负责转交。”

“一点儿通融的办法都没有？”

“没有。”男人开导祝涛，“你想想，双方解除合同，肯定是有一方不满意。解除了又反悔，说明什么？判断错误呗！好马还不吃回头草呢！”

祝涛神情恍惚地离开家政服务公司，他回到家里。

祝置城和邓加翔还呆坐在客厅里。

“小涛，你回来了！你听妈说……”邓加翔站起来。

祝涛没理邓加翔，他一头扎进肖慧勤的房间，从里面插上门。

祝涛打开灯，他一眼就看见了行军床上的东西，祝涛如数家珍地清点他送给肖慧勤的礼物，他的眼泪洒在礼物上，同肖慧勤的指纹融合在一起。

祝涛环视肖慧勤住过的房间，他感觉自己的心被掏空了。祝涛突然大声朗诵一首古诗：

“去年今日此门中，人面桃花相映红。人面不知何处去，桃花依旧笑春风。”

祝涛用灌满泪水的声带反复诵读，声嘶力竭。

吓得门外的祝置城夫妇魂不附体。

祝涛的声音突然停了，他的目光停留在衣柜顶部的一堆纸盒子上：纸盒子中，露出一处非纸质的深色物件。

祝涛拿过一把椅子放在衣柜前，他踩上去，伸手将纸盒子移开。

生化磁场发射仪暴露无遗。

刹那间，祝涛的脑袋成为搅拌机，脑浆成了搅拌机中的水泥，搅拌机在搅拌水泥的过程中发出的轰鸣和抖动使得祝涛全身震颤。

房间里古诗诵读活动结束后的寂静令祝置城夫妇不寒而栗。

“小涛该不会……”邓加翔刚说了一半，房间门突然打开了。

祝涛拿着磁场发射仪走到祝置城面前，他的眼珠脱离了眼眶，血淋淋悬在空中盯着祝置城。

“你把慧勤生化了？生化后，你胆怯了？你卑鄙地编造慧勤盗窃的谎言，然后辞退她！你不是人！”祝涛怒斥爸爸后将手中的生化磁场发射仪用力摔到地上。磁场发射仪四分五裂。

祝置城无地自容，在浩瀚的汉语辞海中，他竟找不出半句能为自己辩解的话。

邓加翔如梦初醒，她头一次使用鄙视的目光看丈夫，直看得祝置城发毛。

祝涛打开家门，冲了出去。

“小涛！”邓加翔穿着睡衣号啕大哭着追了出去。

“王元美！是你害得我妻离子散！我跟你不共戴天！”祝置城突然发出肠断脾裂的咆哮。

祝涛跑进夜色中，邓加翔在后边追。没有狂风暴雨。繁星满天的夜空更令人心碎。

邓加翔的体力不可能追上儿子，她没有看到媒体经常渲染的那种母亲在非常时期爆发的潜质体能出现在自己身上。邓加翔被祝涛远远地甩在了身后，她坐在马路牙子上抽泣。

祝涛一路狂奔到家政公司，原本乘车二十分钟才能到达的距离，他只跑了十分钟。

祝涛铁了心，他一定要在今夜找到肖慧勤，然后告诉她，不管她的本质是什么，他都要娶她，今生今世永不分离！

祝涛清楚，家政公司肯定有肖慧勤和新雇主签约的合同书。合同书上，会有新雇主的住址、姓名和电话。祝涛决定不惜一切代价进入家政公司找到肖慧勤的新合同书，进而得到肖慧勤现在何处的详细信息。然后去找她，不管她在谁家。

祝涛绕到家政公司的后边，他发现了一个没有安装护栏的较高的窗户。

祝涛看看四周没人，他跃上窗台，捅破纱窗，伸手进去拨开插销，推开窗户。

祝涛跳进去，房间里漆黑。祝涛看见门里有亮光和水流声，他蹑手蹑脚走到门口处往里看，一群农村姑娘在洗澡。

家政公司的女浴室。

祝涛急忙往后退，身后跟踪而至的两个保安抓住了他的胳膊。

“你们干什么？”祝涛挣扎。

“你还有胆问我们干什么？你深更半夜跳窗户进女浴室干什么？该不是来学劳模做好事的吧？”一个保安拿电棍击打祝涛头部。

祝涛的头裂了般剧痛，电棍发出的电流被扭曲的嗞拉声在寂静的夜间更显得恐怖。

“打 110 报警。”另一名保安说。

祝涛被闻讯赶来的 110 警车以涉嫌侮辱妇女罪送进拘留所。

在拘留所办理“入住”手续时，警察告诉祝涛，根据规定，他可以给亲属打一个电话。祝涛说我只有一个亲属，叫肖慧勤，你们帮我打听她的电话吧。警察火了，说你小子少废话，快说家里电话号码。祝涛说了。

邓加翔一进家门，电话铃就响了。公安局打来的，通知犯罪嫌疑人家属送被褥和伙食费。

“他们为什么拘留小涛？”祝置城用小声喊叫。

“警察说，小涛跳窗户进入家政公司女浴室看女人洗澡。”邓加翔说。

“这是冤枉！小涛是去找小肖的！”祝置城哑着嗓子喊，“他们搞错了！我去让他们放人！”

“好好的家，怎么成了这个样子？”邓加翔问天。

“王元美！”祝置城寻找出长江源头。

“王元美，我恨你！”邓加翔披头散发地哭叫，“你不得好死，下地狱！”

祝涛被警察带进拘留所的一个房间，十平方米的房间里关着二十多人。警察在祝涛身后锁上了沉重的铁门。

“今天是怎么了，半个小时之内进来三个。市长工作不力呀，渎职。”一个长着大耳朵的年轻人说。

“你什么事儿进来的？”角落里一个拥有粗嗓子的人问祝涛。

祝涛不理他。

“你听见没有？吕哥问你话呢！”大耳朵对祝涛说。

祝涛不吭声。

“让他服服水土。”角落里的吕哥说。

七八个犯罪嫌疑人一拥而上，他们从各个角度殴打祝涛，从未挨过打的祝涛大声喊叫。

一个人在打祝涛时趁机凑到祝涛耳边小声说："老弟，快说吧，吕哥问你什么，你要回答，这叫'盘道'。吕哥是这屋的老大。老大懂吗？说白了他就是咱这屋子的头儿，这屋里的人都得听他的。你别犯傻吃亏。我比你早来二十分钟，差点儿被打傻了。"

祝涛侧头看那人，一副文质彬彬的样子，脸上布满了新鲜的血痂。

祝涛赶紧对吕哥说："我是涉嫌侮辱妇女罪进来的。"

"强奸？"吕哥问。

"走错了路，闯进女浴室了。"祝涛摸牙，手上全是血。

"看见妞了吗？"有人怪着嗓子问。

"没看清。"祝涛从地上爬起来，说。

吕哥从角落里站起来，他走到祝涛身边，指着祝涛的上衣说："脱下来。"

"干什么？"祝涛紧张。

"吕哥看上你的衣服了，这是你的福气，别不识抬举，快脱。"大耳朵对祝涛说。

祝涛赶紧脱下名牌上衣递给吕哥。

吕哥脱下自己的上衣，换上祝涛的上衣。

"怎么样？"吕哥先是自己打量，然后征求狱友的意见，"是不是瘦了点儿？"

"正合适，比黎明还潇洒！"

"吕哥要是从影，成龙早就歇菜了。"

众人捧场。

吕哥将他的上衣递给祝涛："咱们公平交易，你穿我的，省得别人说我要特权，我的官虽然不大，也要廉政嘛。"

祝涛接过吕哥的衣服，一股浓厚的酸臭味儿扑面而来，他皱眉头。

“吕哥的衣服给你穿，你算捞到福根了。”“文质彬彬”看出祝涛不想穿，赶紧提醒他快穿，否则又是一顿打。

“你先等会儿。”一个小子对祝涛说完转脸问吕哥：“您不要别的了？”

“你们随意吧。”吕哥说。

一群人蜂拥而上，将祝涛扒了个精光，连裤衩都不放过。他们再将自己换下的脏破衣服公平交易给祝涛。

祝涛只得穿上“八国联军”的衣服，他全身的汗毛孔立即进入紧急状态，纷纷“闭关锁国”，以抵御难以名状的腐臭。

“看样子，你是肚子里有墨水的人？”吕哥问祝涛，“文化程度？”

“大学。”祝涛明白自己必须有问必答。

“今天晚上来的都是有头有脸的，我给你介绍介绍。”大耳朵说，“这位是政府机关的苟处长，和你差不多，诱奸邻居家的幼女。这位是华金公司人力资源部周经理，贪污公款。”

周经理就是给祝涛启蒙扫盲的“文质彬彬”。

“你什么事儿进来的？”祝涛壮着胆子问大耳朵。

“盗窃，比你档次高。在我们眼中，你这种事级别倒数第二低。倒数第一低是贪污。”大耳朵说。

“他是三进宫了。”苟处长说，“惯偷。”

“其实，政府出台的好些政策我恃拥护。”大耳朵对苟处长说，“比如限养禁养。”

“什么是限养禁养？计划生育？”周经理问。

“法盲呀你？限养禁养就是限制养狗，禁止养狗。公安局专门有限养办。懂吗？限制养犬办公室，正处级单位！”大耳朵卖弄。

“你干吗拥护这项政策？”祝涛问惯盗。

大耳朵绘声绘色地说："干我们这行的，分三种。一种在公共场合偷钱包。一种溜门撬锁，我属于溜门撬锁的。我们最怕什么？最怕居民家养狗。不管多小的狗我们都怕，一有动静它就叫呀！你没听说过，去年有个我的同行夜间从窗户进一户人家，那人家养了只鹦鹉，那鹦鹉见了生人一叫，吓得同行失了足，从护窗上跌落下去，脑浆溅了一地。连鹦鹉都这样，何况狗了！所以说我们小偷最感谢限养禁养，最好能出台将狗斩尽杀绝的法规。说实话，如果家家养狗，溜门撬锁的小偷肯定下岗失业。美国住家为什么不装防盗门？不是他们小偷少，是因为人家几乎家家养狗，狗是我们小偷的天敌。"

"你刚才说干你们这行的分三种，你才说了两种，还有一种怎么偷？"祝涛感兴趣地问。

"那可是我们这个行当里最坏的一种：先像你这样上大学，然后当官，然后偷，也叫贪污受贿。"大耳朵唾沫四溅地说，"我们这第三种同行风险最大，弄不好就是死刑，掉脑袋。我们一般不到万不得已不会走这条路，除非真揭不开锅了。我有个小学同学就选择了这第三条盗窃的路：他拼命学习，考重点中学，然后上大学，在大学入党，后来当了乡长、副县长，然后开始偷。人家偷得特潇洒，不像我们溜门撬锁怕狗怕鸟，人家坐在家里，受害人自己就把赃款送上门了，还跟进贡似的。那叫风光。可惜好景不长，去年给毙了。说来也可惜，他偷东西不像我们空手套白狼，人家从小学到高中，次次考试第一名，前期投入多大呀？"

"你刚才说政府好些政策你都拥护，还有什么你拥护的政策？"苟处长问大耳朵。

"干吗？你想出去后撺掇上边修改政策？我不傻。"大耳朵坏笑，"但我起码可以再告诉你一个：存款实名制。你想想，实行存款实名制后，肯定有贪官不敢再把贿金往银行里存，不存放哪儿？还不是放在家里！我们去人家盗窃时最怕拿不到现金，存折对我们来说还不如擦屁股纸有用。现在好了，专去大官家偷，既没有狗，又有大笔不敢往银行存的贿金，这不是我们的天堂是什么？最近又有好消息，据说，新出台的《小区物业管理法规》规定，小区住户家中失窃，物业公司不承担任何责任。物业公司的安全职责只局限在小区的公共区域。这不等于鼓励鞭策发请柬邀请我们去小区住户家里'做客'吗？说实话，我真想拿偷的钱向政府纳税，专款专用，指定给制定限养法规和小区物业管理法规的专家改善生活。”

“我专偷有钱人家，这叫杀富济贫。我要是生在宋朝，准是梁山好汉。”另一个小偷说。

周经理叹了口气，说：“过去美国有个新上台的总统，他问卸任总统有什么忠告。前总统说，请善待富人。新总统问为什么。前总统说，靠正当途径致富的富人富的不是钱，而是智慧和勤劳。富人能给国家创造大量的就业机会。不善待富人就是不善待国家。”

“周经理，我出去后，到你的公司就业，怎么样？”吕哥问周经理，“咱们算是同过窗了。”

“当然，”周经理不敢说不行，“不过，大公司录用员工有一整套学问，不是一个人说了算。”

“叫MBA，得学两年，工商企业管理硕士。”祝涛借机也给吕哥扫一回盲，出口恶气。

“什么痼墓逼什么，都是扯淡！不就是挑会挣钱的人给企业老板卖命吗？故弄什么玄虚？”吕哥瞪了祝涛一眼，“如果我是公司老总，就这么挑人：我问他，你睡觉时怎么放屁？我告诉你们，别小看人躺在床上时怎么放屁，这里边学问大了！有四种人。第一种人在被窝里放了屁自己把鼻子伸进被窝里闻，这种人的特点是自己的东西都是好的，这种人适合当公司财务部经理；第二种人掀开被子放屁，这种人不容忍丑恶，应该去公司保安部门，往大了说，是警察、检察院等部门的最佳人选；第三种人放完了屁再抖被子，事先不渲染不露声色，事后迅速解决问题，这属于领袖型人物，担任企业总裁、副总裁最合适。不信你们调查，准有八成以上的外国总统是放完屁抖被子。第四种人放屁之前不掀被子，放完了不闻也不抖被子，这种人适合搞公关，和什么人都能接触都能融洽相处，见怪不怪，搞人事也不差。周经理，说实话，你是不是在床上放了屁根本不理它？”

“是，是。”周经理承认。

“老子的‘企业屁管理学说’比癌墓逼什么强多了。蒙别人钱也不是这么个蒙法儿，还不如直接抢得了。骗了别人钱，还要让人家搭上两年时间！你们说，偷什么最该枪毙？依我说，偷别人时间最该枪毙，偷了别人时间还跟人家要钱更应该千刀万剐。”吕哥自恃位高权重，大放厥词。

祝涛听傻了。他觉得在拘留所待一夜，比上四年大学学的东西多多了。

第十九章　杨虹义救祝涛

祝置城和邓加翔通宵未眠。他们去拘留所要求释放祝涛无功而返。他们在凌晨回到家中时，筋疲力尽神情恍惚。

上午的一张报纸将祝置城夫妇推到了崩溃的边缘。邮递员上楼给祝置城送一封挂号信时，顺便将本应塞进报箱的报纸交给邓加翔。

邓加翔将报纸放在茶几上，祝置城一眼就看见了祝涛的名字。祝置城拿起报纸细看，那报道的标题是《旷达前总工公子祝涛因流氓罪被拘。旷达总裁王元美称：上梁不正下梁歪》。

祝置城将报纸撕得粉碎。

邓加翔从地上一块一块捡起来拼凑着看。

“落井下石！”邓加翔看完再往袖珍了撕。

“给我找电话本！”祝置城说。

“干什么？”

“我找杨虹帮忙以正视听，不能让王元美的一面之词蛊惑人心！”祝置城说。

邓加翔将电话本递给丈夫。

祝置城拨电话时，手剧烈地颤抖，他一连拨了九次都没成功。

邓加翔毅然接过丈夫未竟的事业，继续拨杨虹的电话号码。她的手更不争气，老往 119 拨。

最后，祝置城夫妻通力合作，采用接力赛的方式一人拨一个号首尾相接地拨通了杨虹的电话。

杨虹已经看到兄弟报纸对祝涛被拘留的报道，总编正在责怪她嗅觉太迟钝。她接到祝置城的电话后大喜过望，几乎是飞到祝家。

祝置城夫妇的憔悴令杨虹大吃一惊，她还从没见过有谁能在如此短的时间里迅速衰老成这副惨不忍睹的模样。

进门的瞬间，见多识广铁石心肠的杨虹竟然感到心里发酸。当记者以来，她头一次内疚。

“杨小姐，我们家需要你的帮助……”祝置城哽咽。

“我会尽力的……”杨虹久旱的眼眶悲降泪水。

邓加翔给杨虹倒水，她颤抖的手无法将水准确倒进水杯，水洒了一地。

“祝涛是怎么回事？”杨虹问祝置城。

“昨天，我们以为保姆拿了我们的钱，就将她辞退了。后来发现是冤枉了人家，小涛就去家政公司找保姆道歉，估计是家政公司下班了，小涛跳窗户进去，碰巧是人家的女浴室。”祝置城说。

“我见过祝涛，以我的直觉，他不可能跑那么远去偷看农村姑娘洗澡。”杨虹说。

“谢谢你！”祝置城和邓加翔异口同声。

“我了解媒体，我们是唯恐事情闹不大，我如果再在报纸上反击王元美，澄清祝涛，就是帮你们的倒忙。”杨虹说。

“那怎么办？”祝置城问。

“我们报社跑公安口的记者和我关系不错，我去找他，先把祝涛捞出来，在那里很受罪，那里不乏人渣。”杨虹说。

“捞出来？”邓加翔问。

“‘捞’是行话，就是把人从公安局里弄出来的意思。”杨虹解释。

“有把握吗？”祝置城问。

“有把握。”杨虹说，“别说祝涛没事儿，就是真有事，我们也能弄出来，当然不能是大事，比如杀人放火贪污受贿什么的。”

祝置城拿出事先准备好的信封。

“这是一点儿交通费，数量不多……”祝置城将信封塞到杨虹手中。

杨虹不要，说：“祝总，如果我现在还要您的钱，我就不是人了。”

“捞人也需要用钱。”邓加翔接受新名词很快。

“您放心，他们不敢要记者的钱。大不了多写篇表扬稿。”杨虹又说，“也没我说的这么黑，主要还是祝涛没真犯事，我这叫纠正执法偏差。”

祝置城和邓加翔将杨虹送到门口。

“我还有一个小问题，如果你们不方便回答，可以无可奉告。”杨虹临走前说。

“你问吧。”邓加翔说。

祝置城有点儿紧张，他怕杨虹问生化人方面的问题。

“祝涛能深更半夜跳窗户去告诉一个保姆你们冤枉了她，祝涛和保姆的关系……”杨虹问。

“是不一般，我儿子爱上她了。”祝置城说，“不过目前我们不希望外界知道这件事。还请杨小姐多关照。”

“请放心，没问题。”杨虹又问，“儿子和保姆恋爱，你们不反对？”

“我们不干涉，这是他的自由。”邓加翔看了祝置城一眼，说。

“对，我们尊重儿了的选择。”祝置城附和妻子。

“你们听信儿吧，我去了。”杨虹告辞。

祝置城和妻子站在窗口目送杨虹远去。

电话铃响了。邓加翔接电话。祝置城从妻子的表情和语言上判断不是好消息。

邓加翔放下电话，说："小涛公司人事部来的电话，他们看了报纸，知道小涛被拘留后，把小涛辞退了。"

祝置城已经麻木了，无话。

祝置城夫妻就这么坐等杨虹的电话，不吃不喝。

下午两点时，杨虹打来电话。

"祝总，办成了。警方了解情况后同意放人，你们现在就来拘留所接祝涛。"杨虹说。

"谢谢你，杨小姐……"祝置城不知说什么好。

"刚才我们主任打电话让我去办一个紧急采访，我不能在这儿等你们了，我已经都安排好了，你们来了说接祝涛就行了。"杨虹说。

祝置城和邓加翔风驰电掣赶到拘留所，给儿子办理出所手续。

邓加翔一眼就看到了祝涛脸上的伤。

"警察打你了？"邓加翔急了。

"警察没打，同房间的人打的。"祝涛说。

"你穿的是谁的衣服？什么味儿？"邓加翔问。

"跟狱友换的，留个纪念。"祝涛说。

"什么狱友，这不是监狱。"邓加翔更正儿子。

"广义的。"祝涛好像成熟了。

"小涛，爸爸对不起你……"祝置城不敢看儿子。

祝涛不理祝置城。

"你爸向你道歉了，原谅他吧。"邓加翔央求儿子。

"如果换了你，你会原谅他吗？如果有人将你的丈夫生化成机器人，你怎么办？"祝涛问妈妈。

祝置城抬脸看天，目的是不让泪水流出来。地球上平添两座微型人工湖。

第二十章　肝炎嫌疑人

肖慧勤被祝置城送回家政公司后，坐在大厅的长凳上发愣。变化太快了，她一时无法适应。肖慧勤这才明白，她根本不是祝家的一员，人家说什么时候让她离开，她一分钟都不能多待。她想祝涛。

一个气质不凡的少妇在肖慧勤面前停住脚步。

“你看过小孩儿吗？”她问肖慧勤。

肖慧勤抬眼看她，摇摇头，又说：“我在农村看过我弟弟，我会看小孩儿。”

“你出来多长时间了？在几家干过？”少妇问。

“两个月，在一家做过。”肖慧勤低下头说。

“为什么不在那家干了？”

“他家遇到了经济困难，用不起保姆了。”

“你多大岁数？春节回家吗？”

“十九岁，春节不回家。”肖慧勤知道城里人不愿意让保姆春节回家。

“去我家吧，主要是照看一个半岁的孩子，也可以帮忙做做饭什么的，月工资三千元。”少妇说。

肖慧勤点头同意。

办完手续后，肖慧勤和少妇离开家政公司。少妇走到一辆红色的轿车跟前，掏出钥匙打开车门。

“把你的包放在后座上，你坐前边。”少妇回头对身后的肖慧勤说。

肖慧勤只坐过两次出租车，都是祝置城给她开的车门，她不会开。

见肖慧勤愣着不动，少妇说：“没坐过小车？你上一个雇主家没有汽车？”

肖慧勤点头。

“那是用不起保姆。”少妇一边说一边教肖慧勤开关汽车门。

肖慧勤坐在少妇身边，汽车上路了。少妇开车的动作很迷人，她一手握方向盘，另一只手始终死攥着香蕉形状的挡把，还不厌其烦地变换它的位置。

“我姓孟，你就叫我孟姐。我和我先生都在广告公司工作，知道广告吗？”孟姐边开车边问肖慧勤。

肖慧勤没听见，她看见了路边祝置城的家。

“你想什么呢？没听见我的话？”孟姐扭头看肖慧勤。

祝置城家过去了，肖慧勤回头往相反方向看新用户。

孟姐又说了一遍。

“广告？不就是电视上的‘更干更爽’吗？”肖慧勤说。

说到更干更爽，肖慧勤突然发现自己已经一个多月没来月经了。肖慧勤的月经很准，二十六天一次。

“那是广告的一种。我和我先生就是拍电视广告的，很忙。我从生孩子后，一直没上班。你来了后，我就要去上班了。”孟姐说。

“拍电视广告不容易吧？”肖慧琴觉得能和电视沾边的人都很伟大了不起。

“是不容易，得有把屎说成是香的本事。”孟姐说。

肖慧勤惊讶气质非凡的孟姐竟然张口就是排泄物。

孟姐的家和祝置城家氛围明显不一样。孟姐家虽然没有祝家面积大，但装修豪华，艺术味儿很浓。墙上挂着羊头牛角之类的被肢解的动物局部尸体。

“这是我找来的保姆，叫肖慧勤。”孟姐向抱着孩子的丈夫介绍。

肖慧勤怯生生地看男主人。

“我先生姓唐，你就叫他唐哥。”孟姐对肖慧勤说。

“祝哥。”肖慧勤竟然叫错了。

“什么祝哥，是唐哥。”孟姐纠正。

肖慧勤改口。

“你先去洗澡，然后我教你带孩子。”孟姐对肖慧勤说。

进卫生间后，肖慧勤将门锁牢，她检查了五遍后才敢脱衣服沐浴。

洗完澡，孟姐教肖慧勤带孩子。

“他叫毛毛，头还不能直立，抱他的时候要用手托着他的头。”孟姐教肖慧勤抱孩子。

肖慧勤伸手从孟姐怀中接毛毛，毛毛很愿意让肖慧勤抱。

“怪了，这孩子从不让生人抱。”孟姐惊奇。

“很给面子。”唐哥在一边说，“这是毛毛的玩具，他最喜欢机器人。”

孟姐对丈夫说：“你可以去公司了，还不赶紧给人家拍那个洗发水的广告，合同都快到期了。”

“我马上就去。说实话，我就没见过这么难用的洗发水，越洗头皮屑越多，就跟淋了一脑袋雪似的。”唐哥指着桌子上厂家送的洗发水说。

肖慧勤刚才洗澡用的就是这种洗发水，她对着镜子看了一眼，自己头上的头皮屑果然是“燕山雪花大如席”。

“哪个明星给这洗发水做广告？”孟姐问。

唐哥说了一个如雷贯耳的名字。

“有钱能使鬼推磨。”孟姐说。

“没错。上次我给一种药品拍广告，那影星拿了一百万后就敢当众撒谎说她孩子天天吃这种药。如果天天吃，她早断子绝孙了。”唐哥说。

“任何药都是一把双刃剑，它在拯救你生命的同时，也在减少你的寿命。”孟姐说。

“没错，药对人体的伤害，有时不亚于癌。以毒攻毒是一切药的实质。”唐哥一边说一边穿外套。

唐哥走后，孟姐教肖慧勤如何给毛毛换纸尿裤，如何冲调奶粉。

三天后，孟姐也去广告公司协助唐哥拍“屎香”广告，家里只剩下肖慧勤和毛毛。

没有食欲、睡眠欲和停止月经的肖慧勤失去了活着的乐趣。她不知道自己已经是生化机器人，误认为自己是祝置城说的“吃够了”。

肖慧勤这才体会到，肚子始终饱着的感觉不如饿着。不睡觉的同时也就丧失了做梦的机会，而没有梦的人生不能算是活着。

这天晚上，孟姐关上门和唐哥说话。

“我发现肖慧勤不吃饭，她来咱们家已经五天了，几乎没吃一口饭。”孟姐小声对丈夫说。

“怎么可能？”唐哥不信。

“她不和咱们一起吃饭，你发现不了。咱们吃饭时，她抱着毛毛。咱们吃完了，换她吃。开始我也没在意，后来发现她根本不吃，只坐一会儿就收拾碗筷了。”孟姐说。

“五天不吃饭不可能。”唐哥极为肯定地说。

“她会不会趁咱们不在的时候偷吃毛毛的奶粉或其他食物？”孟姐猜测。

“有可能。”

“咱们怎么证实？”

“这还不好办，明天咱们出门前放一台小摄像机监视她的一举一动，就像公司老板上班时监视员工那样。咱们回来看录像就知道她是否偷吃了。”唐哥发挥专长。

“你真聪明。”孟姐赞扬丈夫的智商。

摄像机任劳任怨忠心耿耿地监视了肖慧勤三天。在这三天中，肖慧勤没吃没喝没睡觉没上过厕所。

唐哥傻眼了。

“赶快退回去，肯定有病！起码是厌食，失眠，便秘……”唐哥说。

“会不会是肝炎？”孟姐吓坏了。

“咱们退了她后，带着毛毛去医院抽血化验肝功能。”唐哥照镜子，觉得自己的脸和眼珠子贼黄。

次日清晨，孟姐问正在擦地的肖慧勤：“你们从农村出来时，体检了吗？”

肖慧勤说实话：“家政公司的人收了我们体检费，但没给我们体检。”

“你到我们家六天了，怎么从来不吃饭？你觉得恶心吗？”孟姐问肖慧勤。

“不恶心。上一家人说，我不想吃饭是因为吃顶了。”肖慧勤说。

“再吃顶了也不会一连六天不吃饭。”唐哥说，“如果家政公司为了敛财弄虚作假没给保姆体检，把我们传上肝炎，我会去法院起诉他们。”

“我们不用你了。”孟姐告诉肖慧勤。

“就因为我不吃饭？”肖慧勤问。

“不吃饭事还小吗？”唐哥抱着儿子说，他不敢再让肖慧勤碰毛毛一下。

“吃得太多和一口不吃都是辞退保姆的理由。”孟姐说。

肖慧勤不再说话，她已经适应了卷铺盖走人。

第二十一章　中国通川端次郎

肖慧勤到第三个用户家时，学聪明了，她懂了吃得太多和一口不吃都会丢饭碗。尽管她不想吃饭，但她得佯装用餐佯装喝水佯装睡觉佯装上厕所。

这家是日本人，男主人叫川端次郎，是日本十大公司之一的G跨国公司驻华分公司总经理。川端次郎生于中国，其父母是供职于中国的日本专家。川端次郎在中国上的小学，因此他会一口流利的汉语。他在日本上的中学，日语很地道。因其在美国读的大学，英语亦是高水准。这样的人才，自然被众多在中国开拓市场的日本商家看好。川端次郎到G公司工作后，只五年时间，就从翻译跃升到总经理职位。

川端次郎的妻子叫多由美子，一个正宗的日本贤妻良母。她不和丈夫同桌吃饭。丈夫用餐时，她侍立一旁。丈夫回家时，她跪下给丈夫换鞋。

肖慧勤的职责是打扫整栋别墅的卫生，洗菜洗碗。饭由多由美子做。川端次郎不和肖慧勤说话。有肖慧勤在场时，川端次郎和妻子都用日语交谈，肖慧勤一句听不懂。

肖慧勤在川端次郎家感觉到了等级差别和真正的重男轻女，她觉得压抑，呼吸都不敢放开。

尽管肖慧勤佯装进餐，在她到川端次郎家第十七天时，还是被细心的多由美子察觉出蹊跷。多由美子毕竟是二十四小时全天候在家的专职家庭主妇。

这天中午，多由美子发现肖慧勤将她少得不能再少的饭菜倒进马桶冲掉。

“你不爱吃我们家的饭菜？”多由美子不能容忍浪费，她问肖慧勤。

“我爱吃……”肖慧勤不知如何解释。

“那你为什么倒掉？”

“我吃不了，太多了。”

“这么少还吃不了？”多由美子惊讶。

肖慧勤一来多由美子家就声明自己饭量小，她每顿饭只盛一百粒米，几口菜。

“你不要客气，我不会嫌你吃得多，你很能干活，应该多吃。”多由美子说。

肖慧勤点头。

多由美子表面没有在意，实际上她开始严密观察肖慧勤。她发现肖慧勤依然偷偷倒饭菜，根本不吃一口。让多由美子吃惊的事还在后边，她发现这个中国姑娘不睡觉，不喝水，不大小便，不来月经，特能干活。

在确信没有搞错后，多由美子决定将她的发现告诉丈夫。多由美子清楚，川端次郎忙于公司业务，根本不爱听妻子说家务事。

川端次郎和妻子平时分室而居，只是在周末才牛郎织女鹊桥团聚一次。这天是星期三，就寝前，多由美子走进丈夫的卧室。

坐在榻榻米上看书的川端次郎惊讶地先看妻子，再看身边的日历，以为自己忙忘了日子。

“川端君，有件事，我必须告诉你。”多由美子站在门口说日语。

"进来说，干吗不用中文？我不是告诉你在家里和我说话要尽量用中文吗？这样可以提高你的中文水平，出去参加社交活动才不会露怯。"川端次郎很爱教导妻子，张口好为妻师。

"我不想让保姆听到。"多由美子坚持说日语。

"保姆在哪儿？"川端次郎觉得保姆不在附近。

多由美子坐在丈夫身边，说："川端君，我发现咱们家的这个保姆有问题。"

"偷东西？"川端次郎猜测，"那就换一个。"

"不是偷东西。"多由美子说。

"我很忙，明天要出席一个重要的会议，我们公司准备并购中国的一家公司，我在阅读关于那家公司的资料。"川端次郎不想再听妻子说家务事。

"我发现，这个保姆到咱们家后从来没吃过饭。"多由美子说。

川端次郎笑了，拍拍妻子的肩膀，说："你去睡觉吧，咱们不是有约定嘛，每个周末你过来。办什么事都应该遵守规矩。对吧？"

多由美子脸红了，说："川端君，你误解我了。这个保姆的事我有责任跟你说。她到咱们家快两个月了，从来不吃饭，不喝水，不睡觉，不大小便，不来月经。"

"你今天是怎么了？"川端次郎脸上露出了愠色。他认定妻子在不可理喻地纠缠他。

"我说的都是真的，我早就发现了，为了证实，我观察了近一个月，确信无疑后才决定告诉你。川端君，我和你结婚这些年，什么时候没按你的规矩行过事？"多由美子委屈。

川端次郎想了想，放下手中的书，这个举动表明他将认真听妻子陈述。

"你是说，这个保姆到咱们家快两个月了没吃过饭？这怎么可能？”川端次郎说，“她有病？身体怎么样？”

“她很能干活，很有力气，像是个机器人。”多由美子说。

“你刚才还说，她不喝水不睡觉？”川端次郎问。

“对。”多由美子将她对肖慧勤的详细观察过程告诉川端次郎。

川端次郎沉思这件不可思议的事。

“她叫什么名字？多大岁数？什么地方的人？父母是做什么的？”川端次郎问。

“她十九岁。叫肖慧勤。甘肃人。父母都是农民。”多由美子说。

“肖慧勤……父母都是农民……十九岁……甘肃人……”川端次郎自言自语，“不吃不喝不睡觉还特能干活……”

多由美子看出丈夫对这件事感兴趣了，她平时为自己不能引起丈夫注意而苦恼，多由美子颇有成就感地在一边看着川端次郎思考。

“如果这是真的，就太有意思了。我要亲眼看到才能相信。”川端次郎说。

“她不和你一起吃饭，你怎么能看到？”多由美子说。

“从明天起，咱们改为一起用餐。”川端次郎说。

“成何体统？”多由美子不干。

“值得。”川端次郎说，“如果她不吃饭是真的，这事的意义就太大了。你想想，这世界上有谁能不吃饭又特能干活？只有机器人。可她怎么可能是机器人呢？”

“她确实不吃饭。”多由美子再次强调。

“我必须亲眼看到才相信。”川端次郎说。

次日早晨，多由美子对正在擦楼梯的肖慧勤说：“从今天起，你和我们一起用餐，包括先生。”

“为什么？”肖慧勤以为听错了。连多由美子都不能和丈夫同时进餐。

“先生说，家里人应该平等相处，他说从吃饭做起。”多由美子说。

“我还是自己吃吧，保姆不应该和主人一起吃饭。”肖慧勤找借口。

“这是新中国，你怎么会有这种思想？一会儿咱们和先生共进早餐。”多由美子用命令的口气说。

肖慧勤只能照办。

从来没正眼看过肖慧勤的川端次郎在用早餐时仔细观察她。他看出肖慧勤身体很健康，而且是一种鲜见的健康，肖慧勤拥有令所有重视保养身体的富人嫉妒的脸色。

“你怎么不吃？不要客气。”川端次郎对肖慧勤说。

多由美子配合丈夫，她给肖慧勤夹鸡蛋。

肖慧勤不敢看男主人，硬着头皮往嘴里放食物。

川端次郎看出肖慧勤不是客气，而是难以下咽。

川端次郎和肖慧勤在一张餐桌上共进了九顿饭后，不得不得出这个保姆确实不吃饭的结论。

为了进一步证实，这天上午，川端次郎在公司办公室让秘书将公司公关部经理史密斯叫来。

冷战结束后，各国间谍转入经济领域继续发挥特长。川端次郎为了刺探商业竞争对手的经济情报，特意聘用美国中央情报局的退休间谍史密斯为本公司公关部经理，专事侦察商业竞争对手的商业秘密，以使他的公司立于不败之地。

“你有没有能全天候监视人的仪器，比如说，悄悄放在他身上，又不被他察觉。”川端次郎问进来的史密斯。

“有。总经理现在要？”曾孤身一人潜入过萨达姆行宫的史密斯说。

川端次郎点点头。

史密斯转身回自己的办公室。

川端次郎在自己的公司雇用美国人还有一种精神上的满足感：我是美国人的老板。

史密斯将一个小别针拿给川端次郎："将这个别针别在他身上，就能全天候监视该人的一举一动。"

川端次郎收起别针。

"总经理有什么事请吩咐我去办，不必亲自动手。"史密斯说。

"会让你去办的，我得先证实一下。"川端次郎说。

"家事？您太太？"史密斯问。

"过几天你就知道了。不是我太太。"川端次郎说。

当天晚上，多由美子送给肖慧勤一个别针，说是避邪用的，她给肖慧勤别在衣服上。

数日后，川端次郎彻底相信了肖慧勤不吃不喝不睡却能精力充沛地干活。

"她只能是生化机器人！"川端次郎激动地对妻子说。

"很可怕？"多由美子不由想起从电影上看过的生化机器人的血战场面。

"不是很可怕，而是很伟大。"川端次郎两眼放出多由美子从未见过的一种光。

"生化机器人对企业家来说，是梦寐以求的。你想想，如果有一种能不吃不喝不睡觉的劳动力供企业家使用，能降低多少成本？能增加多少竞争力？"川端次郎兴奋不已。

"她是生化机器人？"

"只能是！"

“生来就是？别人的研究成果？怎么会跑到咱们家来？阴谋？”

“不会是天生的。只能是别人的研究成果，至于她是怎么跑到咱们家来的，还需要调查。不过有一点可以肯定，不会是阴谋。没这样的道理。”川端次郎说，“我要马上向日本总公司汇报。”

第二十二章　SB计划

三岛武夫是享誉世界的日本G公司总裁，他的发家故事被收入世界各著名大学的MBA教材，供有志于投身商界的后生掰碎了研究从中汲取营养。G公司的电器产品畅销全球，该公司今年在全球企业五百强排名中名列第三十五位。

三岛武夫经商数十载，最明白的一个道理就是商场没有常胜将军，任何企业都有倒闭的那一天。三岛武夫只有一个目标：在自己的有生之年保住G公司不败。如今商业竞争越来越白热化，在夜深人静时，三岛武夫常常感到力不从心。

这天深夜，三岛武夫在睡前研读中国的《孙子兵法》。这是他多年养成的习惯，睡前必须看一段《孙子兵法》。经商就是打仗，随着经济的全球化浪潮，第三次世界大战早已爆发。三岛武夫的父亲参加过第二次世界大战，是日本侵华731部队的大佐，战败后，死于乱军之中。三岛武夫是遗腹子，他和中国有杀父之仇。但这不影响三岛武夫和中国做生意。

“总裁，中国分公司总经理川端次郎有急事打电话找您，您接吗？”秘书敲门进来说。

“我接。”三岛武夫放下手中的书，一边摘下眼镜一边拿起身边的电话听筒。

在G公司遍布全球的九十八家分公司的总经理中，三岛武夫最欣赏川端次郎的才干和忠心。让三岛武夫对川端次郎刮目相看的，是去年三月川端次郎回日本总部开会期间适逢国际“3·15”消费者权益日，三岛武夫带着川端次郎以及另外三位分公司经理应邀参加日本最大的电视台举办的“3·15”特别直播节目。在节目进行到一半时，伶牙俐齿锋芒毕露的主持人显然是有预谋地突然向三岛武夫发难，给了三岛武夫一个措手不及，竟然使得久经沙场的三岛武夫一时语塞。坐在一旁的川端次郎反应机敏地迎头痛击那主持人，维护了G公司的形象，赢得了满堂喝彩，竟然还使G公司次日的股票上涨了一个百分点。那主持人这样向三岛武夫发难：“据我所知，贵公司在东南亚一带设厂生产电器，质量根本没有保证，无异于卖牌子制售假货，有损日本商品的声誉，您对此如何解答？”主持人还列举了G公司在东南亚设厂的详细地址和数量。见三岛武夫尴尬，川端次郎对主持人说：“‘3·15’国际消费者权益日的主要内容之一，是打假。对消费者危害最大的，不是假货，而是假话。谁是制造假话的最大厂家？电视台。全球如此。观众是电视节目的消费者，倘若电视台向观众兜售假话假广告，其危害比假酒假种子假电器大多了。我希望能早日看到贵电视台举办的专门打击揭露本电视台制作的电视节目中的假话假广告的‘3·15’特别节目。那时，我将非常荣幸能再次陪伴我的总裁作为嘉宾出席。”那日本最著名的电视主持人竟然哑口无言面红耳赤，电视台不得不靠紧急插播广告遮羞。

三岛武夫在接川端次郎从中国打来的电话时，想起了这件事，他笑了笑。

“我是三岛。”三岛武夫平静地说。

“总裁您好，我是川端。对不起，这么晚给您打电话，有一件很急的事。”川端次郎隔着海说。

“你说。”

“我家在两个月前雇用了一位中国保姆，十九岁，农民。我和内人发现，这位保姆到我家两个月以来，从不吃饭，也不喝水，不睡觉，不来月经。但是她特别能干活。”

“这怎么可能？”

“确实如此。如果没有十分的把握，我是不会在这么晚给您打电话说这件事的。”

“嗯。”三岛武夫点头，“你继续说你对这事的分析，以及它对于本公司有何益处。”

“据我的初步判断，这位保姆是生化机器人。”

“生化机器人？！”三岛武夫惊讶。

“这只是我的初步判断。至于她到底是不是生化机器人，是谁研制的她，以及为什么在研制成功后又放她到社会上来，这些疑问，我要在得到您的明确指示后才能进一步去调查和证实。但有一点可以肯定，假设她是生化机器人，就说明中国已经有科学家走在了世界的前边，我们应该不惜一切代价让这一发明率先为本公司服务甚至垄断它。用不吃不喝不休息的生化机器人取代工人，其商业价值，您肯定比我清楚。”川端次郎说完了。

三岛武夫思索。

“总裁？”川端次郎问。

“二十分钟后，我给你打电话。”三岛武夫说。

三岛武夫一边穿衣服一边按电铃叫秘书。

秘书进来：“总裁有什么吩咐？”

“马上在这里开核心会议，给你五分钟时间叫他们来。”三岛武夫说。

秘书跑出去。

G公司的核心由三人组成，其中一个是三岛武夫的儿子渡边，另一个是公司副总裁桥本。渡边和桥本的别墅都和三岛武夫的豪宅挨着。

四分钟后，G 公司核心会议在三岛武夫家的小会议室召开。三岛武夫先扼要说了川端次郎的电话内容。

“如果是真的，对本公司的意义怎么估计都不过分。”桥本说。

“研制生化机器人目前还不可能，”学生物出身的渡边说，“但是中国人有时很聪明，也不能排除他们在这个领域意外地出奇制胜。”

“你们说实施方案。”三岛武夫经商致富的诀窍之一是开会不说废话。

桥本说：“抓住这个机会。即使经过调查那保姆不是生化机器人，对本公司也不会造成损失。一旦是，将给本公司创造巨额利润。我认为：一、立即查实其是否为生化机器人，责成川端次郎带其去医院检查身体；二、如果是，设法将其带到日本来；三、设法找到研制她的人。”

渡边说：“我同意。如果那保姆真是生化机器人，咱们必须不惜一切代价将研制出她的人弄到日本来，哪怕出天价收买也值得。”

三岛武夫说：“不能在中国的医院给那保姆做体检，容易引起医院的警觉。既然中国的媒体从未披露过生化人的事，说明这有可能是私人干的，要么就是国家机密。渡边，你亲自带咱们的医生去中国给那保姆做体检。你还要带上一种感冒病毒，看那保姆是否会被传染，真正的生化机器人是不会生病的。还不应该有任何感情。如果她确实是，你就查清来源，设法找到研制她的科学家，弄到日本来，让他为咱们服务，制作生化机器人，取代本公司所有拿工资的工人。”

“以后就再不会有工人闹罢工了。”桥本说。

“所有工人二十四小时工作，连厕所都不上。哪家企业能竞争过咱们？”渡边兴奋道。

三岛武夫看看表，已是凌晨一点。

“你今天办签证，明天清晨就飞中国，带上医生和医疗仪器。再带一名女性保镖佯装成保姆二十四小时陪伴她，其职责是保护和监视。”三岛武夫对儿子说，“这是公司的绝密计划，一定不能泄露出去。”

两个人都点头。

“计划代号？”渡边问父亲。

以往G公司在实施带有机密性质的商业计划时，都起代号。三岛武夫享有代号的冠名权。

“SB计划。”三岛武夫说。

散会后，三岛武夫立即给川端次郎打电话。

“渡边明天带队去中国，执行SB计划。”三岛武夫对川端次郎说。

“明白！”川端次郎无法掩饰自己的兴奋。他清楚，自己的发现被总部冠以代号计划，说明其价值重大。

“这是绝密计划，有关保姆不吃饭的事，要严格保密。从明天起，总部安排专人二十四小时保护她。详细情况，由渡边到中国后告诉你。”三岛武夫说。

“是！请总裁放心！”川端次郎说。

三岛武夫派儿子渡边亲自来中国，由此可见总部对肖慧勤的重视程度。

放下电话后，川端次郎到多由美子的卧室表扬妻子立了大功。多由美子很享受。

楼下不睡觉的肖慧勤侧耳听，她不知楼上发生了什么事。她不可能知道，多由美子现在的成就感竟然是她肖慧勤不吃饭不大小便导致的。

第二十三章　鉴定肖慧勤

渡边一行五人下飞机后，立即被川端次郎接走。川端次郎租下了他家隔壁的一栋别墅，作为渡边实施 SB 计划的指挥部和驻地。

进入别墅后，渡边向川端次郎一一介绍随行人员。两位是医生，男女各一人。一位是渡边的助理。还有一位小姐是专门来看守肖慧勤的，名叫小鱼慧子，二十四岁，身怀绝技，曾任三岛武夫的贴身保镖。

“我要先看她的录像。”渡边连水都顾不上喝一口，就对川端次郎说。

“已经准备好了。”川端次郎指指桌上的电脑，“用咱们公司生产的数码摄像机拍摄的。”

渡边坐在电脑前，熟练地操作。

屏幕上出现了肖慧勤。

众人围过来看。

“有异常症状。”男医生眯着眼睛说。

“脸色不像常人。”女医生歪着头看肖慧勤。

渡边对川端次郎说：“你现在带小鱼慧子去你家，对肖慧勤说她是你从日本请来专门做日本料理的保姆，安排小鱼慧子和肖慧勤住一个房间。你向肖慧勤介绍小鱼慧子时，要在靠近我们这一侧的窗户前，我们要看肖慧勤的反应。”

川端次郎指指窗台上的望远镜，说：“望远镜已经准备好了。”

渡边对小鱼慧子说：“重复一遍你的职责。”

“第一，确保肖慧勤不被第三者弄走或失踪；第二，确保她的安全；第三，贴身观察她，为SB计划搜集第一手材料。”小鱼慧子干练地说。

渡边点点头，转身对川端次郎说：“明天上午给肖慧勤做体检。你今天告诉她，明天上午有医生朋友来家里为你做体检。明天医生给你‘体检’后，就‘顺便’给她体检。咱们必须在明天晚上之前弄清肖慧勤是否为生化机器人。”

“明白。”川端次郎说，“我现在带小鱼慧子去我家，你们注意观察。”

川端次郎和小鱼慧子离开渡边下榻的别墅，走进相邻的川端次郎家。

川端次郎先将小鱼慧子介绍给多由美子，多由美子很有成就感地和小鱼慧子互道“请多关照”。

川端次郎让小鱼慧子在靠近渡边一侧的窗前等着，多由美子去叫肖慧勤。

肖慧勤在擦川端次郎卧室的窗户，多由美子进来说：“肖慧勤，我们特地从日本请了一位做饭的保姆，你跟我来客厅和她认识一下。”

“从日本请的保姆？”肖慧勤一愣，“不要我了？”

“她是专门做饭的，你依旧负责打扫卫生。”多由美子打消肖慧勤的顾虑。

“用两个保姆？”肖慧勤惊讶。

“我不想做饭了，你又不会做日本料理，就从日本请了个保姆。”多由美子说，“你洗洗手，跟我去见见她。”

肖慧勤跟着多由美子来到客厅，肖慧勤见到站在窗前的小鱼慧子。

“她叫小鱼慧子，这是肖慧勤。”多由美子分别用中日语介绍双方。小鱼慧子不会汉语。

肖慧勤和小鱼慧子握手。

对面窗户里的渡边用望远镜看肖慧勤。

“小鱼慧子和你住一个房间，你们做个伴。”多由美子对肖慧勤说。

肖慧勤点头，她拿起放在地上的小鱼慧子的提包。

“我自己来。”小鱼慧子忙说。

肖慧勤听不懂日语，但她从小鱼慧子的神态知道小鱼慧子要自己拿包，肖慧勤坚持将小鱼慧子的提包拿到她居住的房间。

下午，肖慧勤要去菜市场买菜，小鱼慧子提出和肖慧勤一起去，多由美子立刻同意了。

肖慧勤带着小鱼慧子往菜市场走，她说汉语，小鱼慧子说日语，两人连说带比画，很是开心。

肖慧勤指着小鱼慧子耳朵里的耳塞机，问她这是什么。小鱼慧子当然不会告诉肖慧勤这是她同渡边随时保持联系的通信工具。小鱼慧子用手势告诉肖慧勤这是随身听，听歌用的。肖慧勤说能不能让我听听日本歌。小鱼慧子弄明白肖慧勤的意思后忙说现在路上车多，等回家以后再给你听。

肖慧勤买菜时，无意中看见一个男人将手伸进一位妇女的书包，拿出钱包。

“她偷你的东西！”肖慧勤冲那妇女大声喊。

小偷一惊，他拿着钱包就跑。

肖慧勤四周出现了三个男人，其中两个手中拿着刀子。

“找死呀你！”一个男人拿着刀子刺向肖慧勤。

小鱼慧子抬腿踢飞了那人的刀子，几个男人见状扑向小鱼慧子，吓得四周的人纷纷往后退。

“出意外了？”渡边听出异常，急问小鱼慧子。

“几个扒手要伤害肖。”小鱼慧子汇报。

“你确定是扒手？”渡边担心是化装成扒手的商业竞争对手。

“确定。”小鱼慧子说。

“保护肖。”渡边下指令。

三个男子围上来，小鱼慧子轻松迎战，转眼间就将三个男人统统打趴在地上，其中两人骨折。

肖慧勤看傻了。

围观的人群爆发出掌声。

“快走！警察来了就麻烦了。”渡边觉得警察不会轻易放走见义勇为的日本小姐，肯定找来记者大张旗鼓表扬外国人以激励鞭策本民族同胞。

小鱼慧子拉着肖慧勤赶紧离开菜市场回家。

“你很厉害！三个男人都打不过你！”肖慧勤在回家的路上称赞小鱼慧子。

小鱼慧子听懂了，耸肩，笑。

次日清晨，小鱼慧子向渡边汇报说，肖慧勤确实不吃不喝不大小便不睡觉，但她发现肖慧勤在夜里拿着一张小伙子的照片偷偷掉眼泪。小鱼慧子用戒指形状的微型数码照相机将那张照片翻拍后，交给川端次郎。

川端次郎立即将“戒指”拿给隔壁的渡边。

渡边的电脑屏幕上出现了祝涛。

“生化机器人不可能有感情。”渡边说，“如果肖慧勤有爱情，就基本上可以认定她不是生化机器人。”

“我们没有发现她的这张照片。”川端次郎抱歉。

“但她确实不吃不喝。”女医生说。

“等会儿给她做体检后，就真相大白了。”渡边说。

在用早餐时，川端次郎对家人说，一会儿有两位从日本来的名医给他体检，也可以顺便给全家所有人体检。

“肖慧勤，给你也体检下吧？”多由美子说。

“很麻烦吧？”肖慧勤问。

“不麻烦。”多由美子说。

肖慧勤同意了。

肖慧勤刚洗完碗，就听见门铃声。肖慧勤去开门，门外是三男一女。

“这里是川端君家？”渡边用生硬的汉语问肖慧勤，他的目光上下打量肖慧勤。

“你们是医生？请进。”肖慧勤说。

川端次郎热情接待渡边们，然后走过场地接受医生给他做体检。

演完戏后，川端次郎对多由美子说：“去叫肖慧勤吧。”

“去她的房间比较方便。”女医生提议说。

“我带你去肖的房间。”多由美子说。

两位医生拿着最先进的医疗仪器去给肖慧勤体检，他们要给她做心电图、验血、透视等检查。

当女医生的听诊器刚放到肖慧勤的胸部时，她就知道肖慧勤绝不是一般人了。男医生从女同事脸上的表情已然看出此行不虚。

做心电图、照 X 光、做脑电图、抽血化验……

肖慧勤原以为这些日本医生只是顺便给她体检，她没想到他们如此大动干戈，她用疑惑的眼光一再看站在一边的多由美子。

“日本医生都很敬业，机会难得，好好检查一下。”多由美子给肖慧勤释疑。

检查历时了两个小时，比给川端次郎体检多了一小时二十分钟。

“我有病？”肖慧勤问日本医生。她觉得只有碰上患了大病的人，医生才会如此认真如此一丝不苟如此不厌其烦。

听不懂汉语的日本医生看多由美子。

“她看你们这么认真给她做体检，她怀疑自己有病。”多由美子充当翻译。

“你身体很好，请放心。我们再给你做一个智商测验就可以结束了。”日本男医生对肖慧勤说。

多由美子翻译。

“什么是智商测验？”肖慧勤问。

日本女医生给肖慧勤解释。

智商测验结束后，医生告辞。

“您忘了让医生给小鱼慧子体检了。”肖慧勤见医生要走，她提醒多由美子。肖慧勤很感激小鱼慧子，认定昨天小鱼慧子救了她的命。

“你瞧，我给忘了！”多由美子忙叫医生留步，再给小鱼慧子检查身体。

肖慧勤在一边看医生给小鱼慧子检查身体。凡有医生漏检的内容，肖慧勤就提醒补上，包括智商测验。

渡边在客厅心急如焚。他知道，此时父亲在日本随时等他的消息。渡边清楚 G 公司在全球商业竞争中已露出败相，肖慧勤如果是生化机器人，她就是 G 公司的救星。

渡边不停地看表，川端次郎无奈。

肖慧勤终于验收合格了，医生们收起仪器，小鱼慧子舒了口气。

“她身体很好吧？”肖慧勤问往客厅走的医生。

“很好，你放心吧。”多由美子没等医生说就直接替医生回答了。

渡边一行迫不及待地离开川端次郎家，坐上汽车绕着小区转了一圈，然后鱼贯而入川端家隔壁的别墅。

在汽车上，碍于司机，渡边只字不提肖慧勤。一进别墅，渡边就急切地问医生鉴定结果。

“肖慧勤百分之百是生化机器人。”男医生告诉渡边。

“还有更令人吃惊的事，”女医生说，“肖不是研制出的生化机器人。”

“那是什么？”渡边瞪大了眼睛。

“她是被别人从活生生的人生化成机器人的！”女医生一字一句地说。

渡边难以置信，一时竟瞠目结舌。

“谁敢拿活人做实验？”渡边不知道自己的祖父就曾拿活人做过实验。

“确实有人这么做了。”男医生肯定地说。

“机器人怎么会有感情？”渡边质疑。

女医生说：“那人没有对肖完成生化过程，我们估计还差几天时间。不知为什么，实验被中止了。如果完成全过程，肖就不会有感情了。”

渡边点头认可。

大家看渡边，等待他部署下一步行动。

渡边到隔壁房间给父亲打电话。

片刻后，渡边回来对川端次郎说："你立刻责成史密斯查出是谁将肖慧勤生化成机器人的。行动要保密，不要惊动任何人和组织。咱们要不惜一切代价将这个人弄到日本去。"

"如果这个人只会将现有的人变成生化机器人，并不会造出生化机器人来，他对咱们的用处大吗？"川端次郎提醒渡边。

渡边小声说："总部说了，弄他过去，就是让他将现有的人生化成机器人，给咱们公司当工人。"

"去生化日本人？"川端次郎认为三岛武夫疯了。

"生化偷渡客。"渡边再次压低声音，"咱们甚至可以和蛇头合作。即使听其自然，每年也会有上万中国人和东南亚人偷渡到日本。"

"总裁高明。"川端次郎对三岛武夫的商业头脑佩服得五体投地。

"最多给史密斯两天时间。"渡边说，"把小鱼慧子偷拍的那张小伙子的照片给史密斯，这是线索。"

"我马上去办。"川端次郎走了。

查清肖慧勤的来龙去脉，对于在美国中央情报局干过二十五年的史密斯来说，属于杀鸡用牛刀。

史密斯只用了一天时间，就将肖慧勤出生后接触过的所有人的资讯输入电脑进行综合分析，包括肖慧勤的父母、兄弟、亲属、小学老师和同学、前肖自然村邻居、村干部、祝置城全家和孟姐全家。

史密斯写了一份详尽的分析报告，将报告存入一个 U 盘，交给川端次郎。

渡边将史密斯的 U 盘插入电脑，史密斯的分析报告梗概如下：

一个叫祝置城的人拿肖慧勤做了生化机器人实验。据分析，祝置城是有目的地从家政服务公司雇用了初次进城的农村姑娘肖慧勤，祝置城在其家中对肖慧勤进行了生化实验。估计是由于祝置城的儿子祝涛（照片上的小伙子）和肖慧勤发生了恋情，使得祝置城不得不中止了实验并迅速将肖辞退并送回家政公司。祝涛为此还在深夜闯入家政公司寻找肖慧勤的去向导致被警方拘留一天。祝置城的动机：祝早年毕业于名牌大学生物系，毕业后在市生物研究所工作。后辞职创办旷达公司。其开发的人体生物钟调节器等产品曾风靡中国市场，为旷达公司完成了原始资本积累。近年，祝置城和当初一起创业的旷达总裁王元美发生矛盾。最近，矛盾激化，王元美解除了祝置城的职务。据分析，祝置城是想通过研制生化人东山再起。至于祝置城为什么拿活人做实验，除了个人品质因素外，可能还有被王元美逼得走投无路的原因。目前没有证据表明祝置城研制生化人是国家行为。

分析报告还包括祝置城的详细履历、社会关系等等。其中比较引人注目的是祝置城的祖父 1942 年死于日本 731 部队手中。祝置城的潜意识中可能有仇日情结。

渡边看完了对身边的川端次郎说："史密斯不愧是中央情报局出身，你应该给他加薪。"

"明白。"川端次郎说，"史密斯最近还为本公司增大在中国的市场份额立了功，他策划了一起消费者被 K 公司生产的电视机炸伤的事件，他指使他在 K 公司的卧底故意刁难搪塞电视机爆炸的'受害者'，结果导致媒体对 K 公司口诛笔伐，使得 K 公司的产品销量大减，我们的电器销量由此大增。"

K公司是一家与G公司分庭抗礼的日本跨国公司，两家公司为争夺中国市场，已经杀红了眼。川端次郎甚至收到过恐吓信，据史密斯分析，信是K公司寄出的。

渡边敲键盘，按鼠标，将史密斯的报告用邮件发给三岛武夫。

“咱们现在等总部的指令。”渡边对身边的人说。

“我们带了流感病毒，还需要对肖慧勤做免疫力实验吗？”女医生请示渡边。

渡边想了想，说：“我原先担心肖慧勤有什么背景，咱们和她过多接触会引起怀疑。现在看来这种担心没必要了。可以给她做免疫实验，让川端君的夫人配合一下。”

女医生将流感病毒交给多由美子，教给她如何在肖慧勤的房间播撒。

三岛武夫很快给渡边下了跨海指令：

> 不惜一切代价将祝置城一家三口弄到日本来，当然还有肖慧勤。将祝全家弄来是为了彻底控制祝置城，其实质是拿他们当人质。如祝不来，可出巨资收购旷达公司，让祝出气，以此作为交换其来日本的条件。如果祝再拒绝，就威胁公布他将活人生化成机器人的恶行。倘若他依然不来，就除掉他，不能让他日后被别的企业利用。

渡边布置行动细节。

第二十四章　上钩

祝涛从拘留所出来后，整日闷闷不乐。他每天出去在大街上找肖慧勤。

邓加翔谨慎地提醒儿子，要尊重现实，肖慧勤已经是机器人了，不适合继续当恋人。

祝涛斩钉截铁地告诉妈妈，即使肖慧勤是木乃伊，他祝涛今生今世也非她不娶。

邓加翔痛不欲生。

祝置城在家里抬不起头来，儿子根本不理他。邓加翔不谴责祝置城，但此时无声胜有声，祝置城觉得还不如挨她一顿骂痛快。

王元美近日当选本市十大杰出企业家更是让祝置城凄惨的精神状况雪上加霜。当祝置城从电视屏幕上看到春风得意的王元美从市长手中接过奖杯时，将遥控器一掰为二。

这天上午，祝涛一如既往地吃完早饭就出去找肖慧勤。邓加翔跟在儿子后边保驾护航，她担心儿子出意外。邓加翔每天像职业侦探般尾随儿子。祝置城一人在家面壁思过。

电话铃响了。

祝置城不接电话。

电话铃坚韧不拔地响，因为打电话的人知道祝置城在家。SB 行动的成员已经二十四小时监视祝置城家。

祝置城认为如果他再不接电话，电话铃会把市电话局的电全耗光了，他拿起了话筒。

“请问是祝置城先生吗？”职业女秘书甜美的声音。

“我是。”祝置城没好气地说。

“祝先生您好。我是G公司中国分公司总经理川端次郎的秘书。”甜美的声音往往掩盖着酸辣。

“什么事？”祝置城冷淡地问。

“川端次郎总经理很欣赏祝先生的才干，想约时间和祝先生面谈，不知祝先生什么时间有空？”

“我没有心情。”祝置城要挂电话。

“请您别挂电话！心情不好的时候，和别人交谈有助于排遣烦恼。川端次郎先生希望明天上午去府上拜访您，相信这会改变您的家庭气氛。”女秘书说服祝置城。

祝置城不得不钦佩日本企业的魅力，女秘书的话提醒了他，此刻如果有一位重量级的企业家来他家做客，很可能会起到扭转他在家中的被动局面的作用。门可罗雀的家庭更容易像一个火药桶。客人往往是夫妻关系的缓冲剂。

“那就来吧。”祝置城同意了。

“明天上午九点整？”女秘书问。

“可以。”祝置城挂上电话。

下午，邓加翔精疲力竭地跟在祝涛身后回家。

“G公司中国分公司总经理想见我。”祝置城小心翼翼地告诉妻子。

邓加翔显然清楚日本G公司的分量。

她问：“见你干什么？”

祝置城看出邓加翔对此感兴趣，松了一口气，说：“据说是欣赏我的才干。”

“你答应了？”

“明天上午九点他来咱们家。”

“来家里？”邓加翔赶紧环视自己的家，由于近期她无心整理打扫，家里脏乱不堪。

邓加翔立刻收拾房间，她还对祝涛说：“小涛，明天日本G公司总经理来咱们家，把你的卧室收拾收拾。”

祝置城感激那个电话。

次日上午九点整，门铃响了。这之前，祝置城和邓加翔已经通过窗户看见了川端次郎的豪华汽车。

梳洗打扮一新的邓加翔给客人开门。

“我是G公司中国分公司总经理川端次郎，打扰了，请多关照。”川端次郎给邓加翔鞠躬，他已经从电脑上熟悉祝置城全家所有人的容貌。

邓加翔赶紧还礼，她还有受宠若惊的感觉。毕竟邓加翔已经有一段时间没参加社交活动了，目前奇缺有身份的人对她恭敬有加。

祝置城在客厅和川端次郎见面，握手。

“你的汉语很出色。”祝置城只能从川端次郎的名字上判断出他是日本人。

“我出生在贵国，中国是我的第二故乡。”川端次郎和祝置城的国籍套磁。

邓加翔精神面貌焕然一新地给川端次郎上茶。川端次郎站起来向邓加翔致谢。邓加翔由此给自己的容光焕发升级。她退出客厅后，在厨房听丈夫和川端次郎交谈。祝涛将自己关在卧室里例行思念肖慧勤。

“我久仰祝先生的大名，对祝先生在生物学领域的造诣很敬佩。”川端次郎真诚地说，“敝公司总裁三岛武夫先生亦很欣赏祝先生的才干，特别是祝先生在企业管理方面的才干。”

祝置城清楚三岛武夫是世界经济领域超重量级人物，其创业史是各国大学 MBA 课程的必修案例。听到三岛武夫器重自己的才能特别是企业管理才能，祝置城难以置信。

“怎么会？”祝置城脱口而出。

“三岛武夫先生之所以成功，和他密切关注全球范围的人才并不惜一切代价将各国人才汇集到 G 公司有很大关系。三岛武夫先生从媒体上看到旷达公司总裁王元美解除您的职务的报道后说，王元美是有眼无珠。”川端次郎说，“本公司拟开拓生物领域的产品，诚邀祝先生加盟。这不是我的意思，而是三岛武夫先生的提议。”

祝置城喘不过气来，说：“三岛武夫会关注中国媒体上有关旷达公司的报道？”

“三岛武夫总裁关注全球所有企业。”川端次郎说。

“三岛武夫先生邀我加盟 G 公司，以什么方式？”祝置城问川端次郎。

“三岛武夫先生诚恳邀请祝先生去 G 公司日本总部出任 G 生物公司总经理，最低年薪一百万美元，另有股份奉送。”川端次郎看祝置城的反应。

祝置城问：“我没听说过贵公司有生物分公司呀？”

川端次郎说：“刚刚成立的，您可以到敝公司的网站上查看。祝先生知道敝公司的网址吗？”

祝置城说：“抱歉，我很少上网。”

川端次郎说：“敝公司成立生物公司后，在全球范围物色总经理人选，三岛武夫总裁亲自选中了您。希望您能同意出任。”

“很遗憾，我不能去日本。”祝置城说，“但我可以在中国为贵公司工作，比如贵公司将生物分公司设在中国。”

祝置城牢记其父的遗言：祝家子子孙孙不去日本工作。

“生物分公司对G公司很重要，不可能将它设在外国，我希望祝先生能去日本。”

“很抱歉，我不去。”

“为什么？”

“很抱歉，这是家训，我不想说。”祝置城出于礼貌，没提日本731部队害死他爷爷的往事。

“如果敝公司提高聘请祝先生的条件呢？”

“提高条件我也不能去日本，请原谅。”

“如果我们收购旷达公司，再请祝先生出面重新组建旷达董事会并由您任命旷达集团新总裁呢？”

“……”祝置城愣了。

邓加翔忘记了起码的礼节，她从厨房冲出来：“置城，你应该答应！算我求你！”

祝置城本身已经动摇了，这是一个他无法拒绝的条件。

“如果祝先生同意了，就请在合同书上签字。”川端次郎拿出事先准备好的合同书。

祝置城和身边的邓加翔一起审读合同书。川端次郎为了达到将祝置城全家弄到日本去的目的，采用了欲擒故纵的策略，故意在合同上声明只能祝置城一人去日本。

邓加翔中计了。

“祝置城去日本后，我们夫妻不就两地分居了？”邓加翔问川端次郎。

“祝夫人的意思？”川端次郎故意面露难色，“敝公司一般不……”

“既然祝置城是特殊人才，就应该特殊对待。”邓加翔看出有戏，她加码：“我们的独子祝涛也要和我们一起去，他独自留在这里，我们不放心。”

邓加翔认为改变环境对祝涛忘记肖慧勤有益。

“我请示一下。”川端次郎拿出手机演戏。

表演结束后，川端次郎说：“三岛武夫总裁特批了，你们一家三口全去日本，一切费用由本公司承担。”

祝置城在合同上签字。

川端次郎笑容满面地邀请祝置城：“咱们今后就是同事了，用你们的话说，就是一个战壕的战友了。我邀请你们全家明天下午到寒舍做客。”

邓加翔兴奋。

祝置城接受了川端次郎的邀请。

这是渡边精心策划的步骤：让祝置城在川端次郎家邂逅肖慧勤，然后顺理成章地将肖慧勤作为祝涛的未婚妻一起带到日本去。

“明天下午三点整，我在家恭候祝先生全家，请将公子也带来。从现在起，楼下的林肯牌汽车就二十四小时归您使用了。另外，这是敝公司奉送祝先生的五十万元人民币，供您全家在去日本之前消费。”川端次郎拿出支票交给邓加翔而不是祝置城，这个细节令祝置城夫妇都高兴。

川端次郎告辞后，祝置城和邓加翔紧紧拥抱在一起。

邓加翔将喜讯告诉祝涛。祝涛说：“我不去日本。除非你们找到肖慧勤一起去。”

“明天你和我们一起去川端次郎家做客，人家特别邀请你去。”邓加翔说。

“我不去。”祝涛的口气不容商量。

祝置城夫妇没办法。

第二天下午，祝置城和邓加翔乘坐林肯抵达川端次郎家。祝置城按响门铃后，开门的竟然是肖慧勤。三个人都呆了，一时竟说不出话。

“怎么了？干吗不让客人进来？”川端次郎过来责怪肖慧勤，戏演得天衣无缝。

见三个人还发傻，川端次郎问：“你们认识？”

肖慧勤说：“这是我原先的雇主。”

“有这么巧的事？咱们太有缘分了！”川端次郎对祝置城说，“公子怎么没来？”

肖慧勤眼睛立刻亮了，晃得另外三个人睁不开眼睛。

“我回去叫他来！”邓加翔说完跑进林肯。

林肯呼啸着离开川端次郎的别墅。

祝置城和多由美子见面后，坐在客厅和川端次郎聊天。肖慧勤给祝置城端茶，祝置城不敢看肖慧勤。他觉得自己对这个姑娘罪孽深重。

邓加翔狂奔进家，冲进儿子的卧室，对蒙着被子的祝涛喊：“小涛，快跟我走！”

“干什么？找到慧勤了？”祝涛在被子里赌气。

“找到了！小涛，我找到慧勤了！”邓加翔哭着喊。

祝涛一骨碌爬起来。

当邓加翔领着祝涛走进川端次郎家时，肖慧勤根据多由美子的吩咐，正侍立在客厅。

祝涛和肖慧勤焊接般对接在一起，全身所有能正面接触的皮肤都珠联璧合。

在场的人都知道其中的含义。

祝置城想对川端次郎做出解释。川端次郎伸手向祝置城示意无须解释，他表示自己看懂了。面对如此疯狂如此壮怀激烈如此悲惨的人与机器人的恋情，川端次郎实在不忍心在区区细节上再演戏。

通过摄像机在隔壁别墅观看的渡边掏出手帕擦眼角。

“我和你永远也不分开！”祝涛大声对肖慧勤说。

祝涛和肖慧勤近在咫尺，无须使用这么高的分贝说话。他是故意说给在场的所有人听的。

川端次郎走到两个年轻人身边说：“我担保你们今生今世永不分离。”

“谢谢，谢谢！”邓加翔感激川端次郎。

看着儿子抱着机器人狂吻，祝置城咬碎了一颗牙。鲜血顺着嘴角流出来。他发誓此生再也不动生化人的念头了。

小鱼慧子将纸巾递给祝置城，让他擦下巴上的血。

小鱼慧子密切注意祝涛拥抱恋人的强度是否会让肖慧勤窒息，她时刻准备在关键时刻转危为安，就像拳击裁判分开抱在一起的拳击手那样。

“就让肖慧勤也跟你们去日本吧。”川端次郎对祝置城全家说。

“真不好意思……”邓加翔难为情地说。

“川端君爱做成人之美的事。”多由美子对邓加翔说。

祝涛和肖慧勤联袂给川端次郎鞠躬。

第二十五章　旷达还乡团

王元美第一次从贺学兵口中听到日本G公司有并购旷达公司的意向时，他根本不信。

“是G公司刚才来电话说的，他们要咱们安排双方高峰会谈。”贺学兵兴奋地说。

“怎么会？”王元美不敢想象以G公司的身价会并购相对来说微不足道的旷达公司。

“安排见面吗？”贺学兵请示。

“当然。”王元美说。

当天下午，王元美和川端次郎在旷达大厦见面。

川端次郎开门见山：“本公司认为旷达公司是一个有发展潜力的公司，由于本公司日后拟开展的业务中有不少与旷达公司的相似，本公司想买下贵公司，不知王总意下如何？”

“贵公司准备出多少钱买？”王元美亦不拖泥带水。

“二十亿元人民币。”川端次郎伸出两个手指头。

这个数字虽然吓了王元美一跳，但以他的经商经验，知道对方初次开的价还留有讨价还价的余地。

“二十个亿太少，我估计这个数字敝公司董事会通不过。”王元美说。

“王总的意思？”

“二十二个亿。”王元美壮着胆子说。

“成交。”川端次郎懒得和王元美多说一句话。

“我一会儿还得和董事会其他成员交换意见，估计问题不大。”王元美说。

“什么时间能给我答复？”

“最迟今天晚上。明天上午可以签署并购协议。”王元美担心夜长梦多。

川端次郎告辞。

王元美像做梦，二十二亿就这么到手了？从此旷达就是实力雄厚的G公司旗下的企业了？这简直是天上往下掉文凭。

旷达集团的所有董事在听到G公司出二十二亿并购旷达时，都是先吃惊继而争先恐后地投赞成票。

次日上午，川端次郎和王元美签署了G公司并购旷达公司的协议书。

“下午三点整在旷达公司召开董事会会议，请你通知旷达所有董事参加。”川端次郎临走时对王元美说。

川端次郎走后，王元美对贺学兵说：“日本人办事真讲效率。你马上通知咱们的各位董事下午来这里开并购后的第一次董事会会议。”

离开旷达大厦后，在汽车上，川端次郎给祝置城打电话。川端次郎告诉祝置城，下午在旷达大厦开董事会会议，G公司全权委托祝置城改组旷达公司董事会并任命总裁。

祝置城接到川端次郎的电话后热血沸腾泪流满面荡气回肠，他哆嗦着嘴唇、舌头和声带将这个消息告诉妻子。

邓加翔仰天长叹：“王元美，谁笑到最后，谁笑得最好！”

祝置城看了一眼表，现在是十点三十分，距离开会还有四个多小时。

祝置城对邓加翔说："给我拨林杰的电话，然后是杨虹。"

"林杰吗？我是祝置城，请你马上来我家，越快越好，有急事！"祝置城通过电话线对林杰说。

只十五分钟，当出租车司机的林杰就开着出租车来了。他一进门就急着问："祝总家里出什么事了？有人病了？"

"四个小时后，我将任命你为旷达公司总裁。"祝置城说。

"伯母，祝总怎么了？"林杰认定祝置城精神出了问题。

邓加翔将来龙去脉告诉林杰，林杰死活不信。祝置城将他和G公司签订的协议书拿给林杰看。林杰不能不信。

"祝总，我干不了总裁，顶多当个办公室主任。我没有大学文凭。"林杰说。

"你的品质就是大学文凭！品质不好的人有全世界最高的文凭也没用！你准能当好旷达总裁，不会给我丢人。"祝置城说。

林杰使劲儿点头，其力度足以排山倒海。

"你现在帮我办一件事，马上去买一辆三十万元左右适合女士开的红色轿车，这是支票。限你在一点四十分之前将车开到我的楼下来。购车发票上的车主姓名是杨虹。"祝置城吩咐林杰。

林杰走后，祝置城和杨虹通电话。

"杨小姐，你好，我是祝置城。请你在一点五十分到我家来。"

"什么事？"杨虹问。

"让你的总编给你留出明天的头版位置，我这儿有重要新闻送给你。"

"我一点五十分到您家。"杨虹说。

祝置城吃了数月以来最香的一顿午饭——方便面。

杨虹一进门就问祝置城有什么新闻。

"你和我一会儿去参加旷达公司董事会会议。"祝置城说。

“听说旷达要被日本 G 公司并购，”杨虹说，“祝总怎么会去参加旷达的董事会？”

“杨小姐消息确实灵通。到了你就知道了。”祝置城给杨虹留悬念，“这是交通费，请笑纳。”

杨虹接过信封，发现里边不是钞票，是一把钥匙。

“这是……”杨虹从信封里拿出钥匙。

“这回是名副其实的交通费，你来看。”祝置城将杨虹领到窗前，“下边那辆红车是我送给你的。上次多亏杨小姐捞祝涛，当时我境况不好，没能重谢你，现在补上。”

杨虹惊讶，她说：“祝总三十年河东三十年河西了？”

祝置城笑着说：“算是东山再起吧，你是我唯一邀请参加旷达董事会会议的记者，这是独家新闻。这个会议绝对精彩！”

“谢谢祝总。”杨虹一语双关，既谢汽车，又谢独家新闻。

电话铃响了，祝置城拿起电话，川端次郎对祝置城说：“我现在动身去府上接您，咱们一起去旷达大厦参加董事会会议。”

不知为什么，祝置城眼前出现了旷达公司会议室里那些棱角分明的石膏线。

“又要见到你们了。”祝置城说。

第二十六章　王元美兵败旷达

下午两点四十五分，王元美神采奕奕地走进旷达集团会议室，贺学兵夹着皮包跟在他后边。

已经在会议室等候开会的六位董事都站起来，其中有梁晓丹、刘国柱和王阳夏。

“王总真是大手笔，没想到咱们旷达能和G公司合并！”王阳夏迎上去和王元美握手，颇有阿Q遗风地将并购说成合并。他想说强强联合，没说出口。

“这是大家的功劳，”王元美特意穿了崭新的高档西服，“不过，能和G公司合并，我也确实费了不少劲儿。”

“为了和G公司抬价，王总三天三夜没合眼。”贺学兵公告董事们幸福来之不易。

“王总一进来我就看见了。你们看，王总的眼圈都是黑的。”梁晓丹说，“王总劳苦功高！”

“如果祝置城在旷达，旷达早破产了，哪儿会有今天！” 位王元美的嫡系董事启发大家忆苦思甜。

“那是！”王阳夏赞成，“听说祝置城如今很惨。他有个邻居告诉我，说他的儿子疯了，经常在深更半夜哭叫，吵得街坊四邻怨声载道。”

“是吗？怪可怜的……”刘国柱说，“人家已经落魄了，咱们就别提他了。”

“不是我说你，老刘，当初开董事会表决解除祝置城职务，你投了弃权票。”王阳夏敲打刘国柱，“你当好人，坏人都让别人当，我们这可是冒着风险的，万一祝置城杀个回马枪，我们的饭碗肯定砸了，你却旱涝保收。”

“我是觉得……和气生财……”刘国柱尴尬。

“算了，在大喜的日子，咱们不提祝置城，丧气。他怎么可能杀个回马枪？老刘当时也是给祝置城留点儿面子嘛。”王元美大度地说。

梁晓丹看表，说：“还差五分钟三点，日本人很准时，王总还有什么要和我们交代的？”

王元美看看表，说：“虽然日本人是咱们的老板了，但在他们面前，咱们要不卑不亢。说话不要露怯。不十分清楚的新名词慎重使用，比如‘物联网’什么的。”

会议室里的挂钟开始整点鸣笛，当敲完最后一下时，会议室的大门开了。

川端次郎率领一帮人出现在门口。

王元美们起立鼓掌。

川端次郎、祝置城、邓加翔、林杰、杨虹以及川端次郎的手下共九人气宇轩昂地进入会议室。

当王元美和旷达的董事们看清祝置城的面貌时，他们面面相觑。

“我向各位介绍一下，这位是G公司任命的旷达集团新董事长祝置城先生。祝贺的祝，置业的置，长城的城。”川端次郎指着祝置城对旷达董事会成员说。

王元美一屁股跌坐在董事长专用高背皮椅上，恍然大悟如梦初醒，知道自己被日本人涮了。

祝置城走到王元美身边，他要尽量延长享受的时间，就像猫不急于吃掉已抓到手的老鼠而是先尽情戏弄玩耍那样。

“对不起，王副科长，你占了我的位子，请让开。”祝置城彬彬有礼地对瘫在椅子上的王元美说。

祝置城这才知道，彬彬有礼的骂人比满口脏话的骂人杀伤力强多了。

会议室里安静得全是电闪雷鸣。所有目光像探照灯那样从四面八方锁定在王元美身上。

王元美的面部在痉挛，开始时是肉眼看不见的幅度，随着时间的推移，痉挛的振幅逐步升级，最后发展到震荡的程度。只见王元美的脸部扭曲了，鼻子和嘴换防。

“王副科长，请您让开，这是旷达集团董事长的位置。”祝置城又说了一遍。

王元美不知道该怎么办，理智告诉他必须让开，但尊严坚决不批准他这么做。王元美希望现在发生毁灭性地震，认为自己是世界上最心想事成的人的他这次没能如愿以偿，旷达大厦下的地球板块固若金汤。

“王副科长，难道还用我叫保安吗？”祝置城笑容满面地征求王元美的意见。

刘国杜站起来，走到工元美身边，低头将嘴凑到工元美耳边，说：“王总，您坐到我那儿去。”

刘国杜冲呈现智障状的贺学兵说：“小贺！你还站着干什么？还不过来扶王总过去！”

贺学兵走这五米的路程时，摔了两次跤。

杨虹忍不住笑。

刘国柱和贺学兵将王元美从董事长皮椅上拉起来，王元美没有抵制，顺势站起来，踩着刘国柱和贺学兵搭成的人梯下台阶。

王元美迁徙到刘国柱身边定位，这段路他觉得走了很长时间。贺学兵特意没坐在王元美身边，尽管那里有一个空位子。贺学兵开始和王元美保持距离。

祝置城坐好，环视会议桌四周的人，对于旷达公司的董事会成员，他一个一个地仔细看，享受那种痛快淋漓的感觉。没人能够和祝置城持续对视一秒钟以上，他们自知命运叵测，但也抱有一丝希望。

祝置城挨个看完了，说："首先，我感谢G公司任命我为旷达集团董事长，感谢三岛武夫总裁和川端次郎总经理对我的信任。现在我提议：解除王元美先生的旷达集团总裁职务，请诸位董事表决，同意的请举手。"

旷达集团的董事们原以为祝置城肯定会统统解除他们的职务，现在听到祝置城恩赐给他们投票表决解除王元美职务的权力，有绝处逢生的感觉。

除刘国柱和王元美自己外，所有董事都举起了手，赞成解除王元美旷达集团总裁的职务。王元美在这一分钟内学到的东西是一生学到的东西的一亿倍。

"请问刘国柱董事，你弃权还是反对？"祝置城问刘国柱。尽管刘国柱的一票现在已没有任何作用，但祝置城还是故意问他。

"我弃权。"刘国柱说。

"请问王元美。你不举手是弃权还是反对？"祝置城问王元美。

王元美不说话。

"就算你投反对票。"祝置城说，"现在我宣布：旷达集团董事会经过表决，以五票赞成一票弃权一票反对的绝对优势解除王元美先生的旷达集团总裁职务！现在我提议：任命林杰为旷达集团总裁，请董事们表决，同意的举手。”

所有董事包括刘国柱都举手赞成。王元美石雕般僵化在座位上。

“通过。”祝置城大声说，“现在我宣布，林杰出任旷达集团公司总裁。”

杨虹情不自禁地率先鼓掌，饱含泪水的邓加翔和川端次郎等人立即响应。董事们也不甘落后，加入鼓掌的行列中。坐在林杰身边的贺学兵不敢不拍手，他的手分明是通过拍打自己的心脏鼓掌。

林杰站起来，说：“谢谢诸位董事对我的信任，我一定不辜负大家对我的期望，将旷达集团经营好。”

掌声。

祝置城对贺学兵说：“贺学兵，你去通知公司所有中层以上经理来这里开会，给你五分钟时间。”

贺学兵没想到祝置城还会给他分配活儿，这是一个好兆头。贺学兵兴奋地大声说：“是！祝总！五分钟之内！”

贺学兵跑百米般离开会议室。

这五分钟对于旷达集团的董事们来说，相当于五秒钟，他们要抓紧这宝贵的时间争先恐后向祝置城表忠心，生怕轮不上。

“祝总，你的气色真好！”王阳夏对祝置城说，“旷达有了你，肯定大展宏图！”

“老祝，咱俩什么时间再一起去钓鱼？”梁晓丹说，“我知道一个钓鱼的好地方。我带你去。你们不知道，祝总不光有企业管理才能，他的钓鱼水平也很高……”

一位王元美的嫡系董事打断梁晓丹的话，抢着说：“祝总，您能使得G公司并购旷达。真是大手笔！这是救了旷达呀！广大股东不定怎么感谢您呢！”

杨虹生怕自己的录音笔出故障，老拿起录音笔检查是否在录音状态。

“老祝，”刘国柱对祝置城说，“家母的病，当年多亏了你的资助。”

“现在令堂身体如何？”祝置城慈善地询问。

“挺好。谢谢。”刘国柱独家享有和祝置城交谈的荣誉。

这五分钟对于王元美来说，是整整五个世纪。他想过离开会议室，但没人再给他当台阶，包括刘国柱。他在被人遗忘的角落里蜷缩着。王元美清楚，更大的侮辱场面还在后边。但自尊使得他不能走开，没有台阶，他绝对站不起来迈不开腿。

祝置城走到川端次郎身边，和川端次郎耳语，川端次郎点头同意。

满头大汗的贺学兵进来问祝置城：“祝总，人都到了，在外边，现在让他们进来？”

在这个一般不会出汗的季节，贺学兵刻意到卫生间往自己脸上洒水，人工制造满头大汗的效果，以这种身体语言向祝置城表示归顺。

祝置城点点头。

旷达集团所有中层以上经理人员进入会议室，他们显然已从贺学兵口中获悉公司发生政变，一个个脸上写着生死未卜。由于座位不够，祝置城索性让他们站着。

祝置城说：“作为旷达集团公司的新任董事长，我向你们宣布，刚才经董事会表决，已经解除王元美的总裁职务，由林杰出任旷达集团公司总裁。”

万马奔腾般的心跳声。

祝置城继续说："现在我宣布，改组旷达集团公司董事会。新的董事会由以下人员组成：川端次郎、祝置城、林杰、刘国柱和汪方氏。当然，这个提议还要经过股东大会表决。但我相信股东们会乐见公司越来越好。"

王阳夏们终于懂得了叛徒没有好果子吃。

与会者都不知道汪方氏是何许人。

祝置城说："汪方氏就是旷达公司的清洁工汪婶。贺学兵，你去叫汪董事来开会。"

贺学兵拣起掉在地上摔碎了的眼镜框，跑步去各楼层卫生间通知汪董事开会。

汪婶在毕恭毕敬的贺学兵的陪伴下，惊恐不安地走进会议室。往常她出现在这间会议室打扫卫生时，必定没有第二个人。见到会议室里有这么多人，她感觉到了一个十分陌生的场所。

祝置城离开座位去和汪婶握手。

邓加翔告诉杨虹是怎么回事，杨虹擦眼泪。

"请给汪董事让位。"祝置城对王阳夏说。

王阳夏讪讪地站起来。祝置城扶汪婶坐下。

川端次郎说："现在我宣布G公司的新决定，任命林杰先生为旷达集团公司董事长，G公司对祝置城先生另有重用。"

"请问川端先生，贵公司任命祝先生干什么？"职业记者杨虹脱口而出。

川端次郎说："祝先生出任G公司在日本新成立的生物公司总裁。"

祝置城说："感谢诸位在我在旷达工作期间对我的支持。现在请林杰董事长宣布旷达公司中层以上经理任免事项。"

事关命运，全场鸦雀无声。

林杰只说了四个字："全部留用。"

林杰看到几乎所有人脸上的惊诧表情，意识到他们将"全部留用"听成了"全不留用"。

林杰又说了一遍："全都留用。"

雷鸣般的掌声。

林杰又补充道："除了刚才董事会决定的免职人员。"

暴风雨般的掌声。

贺学兵把手拍骨折了。

祝置城冲贺学兵招手。

贺学兵拖着伤手过来听令。

"交给你一个任务，"祝置城说，"由你监督，限王元美在三十分钟之内将办公室腾出给林杰使用。你要保证公司的财产不被他盗窃。"

贺学兵红着脸保证超额完成任务。

"散会！"祝置城宣布。

经理们团团围住林杰。林杰应接不暇。

邓加翔走到王元美身边，说："当初我来求你，你不应该拒绝我。做任何事都要留有余地。"

王元美没有了思维。没有一个人理睬他。

王元美离开旷达公司时，只有汪方氏董事送他到门口。保安告诉王元美，说他们接到贺学兵的电话，要求他们检查王元美的文件箱。

第二十七章　祝涛生疑

当天晚上九点，祝置城接到旷达总裁林杰的电话，说王元美在家中突发脑溢血。

祝置城吩咐林杰，由旷达出资，为王元美提供最好的治疗，住价格昂贵的特需病房。

挂上电话后，祝置城摇摇头。

“他垮了？”邓加翔从祝置城接电话的语句中判断出是王元美身体出问题了。

“脑溢血。”祝置城幸灾乐祸不起来。

邓加翔也没表现出高兴：“有生命危险吗？”

“难说。我已经让林杰出资为他提供最好的医疗条件了。”祝置城平时想不起王元美给祝涛输血的事，王元美一病，就想起来了。

邓加翔不说话了，她和丈夫就这么干坐了近一个小时，两个人都听得见对方大脑细胞运行的声音。他们从辞职创办旷达公司一直想到今天的董事会会议，其间的风风雨雨恩恩怨怨是是非非令他们感慨万千。

门铃打断了祝置城夫妇的思绪。

“这么晚了，是谁？”邓加翔站起来去看门镜。

门镜里是彭博变形的脸。

“是彭博。”邓加翔转身告诉祝置城。

祝置城皱眉头。

“说你不在？”邓加翔请示夫君。

“让他进来吧，你今天说我不在，他明天还得来。”祝置城说。

邓加翔给彭博开门，彭博拎着一串香蕉进来。

“舅妈你好！我舅舅在吗？”彭博笑容满面不知羞耻地问邓加翔。

“在。”邓加翔冷淡地说。

彭博热情地和舅舅握手，就像从没发生过他卖身投靠王元美的事。

“舅舅，我听说了，您东山再起收复旷达了！真是大快人心！”彭博注意观察祝置城的反应。

祝置城一笑，说：“你收到消息总是比别人快，你如果办网络公司，应该能赚钱。”

“舅舅过奖了。”彭博谨慎地说，“舅舅，我也想回旷达……”

“我只当了半个小时旷达的董事长，如今的董事长和总裁都是林杰，公司人事方面的事，由他做主，我不便说什么。”祝置城给外甥留面子，不当面贬斥他。

“我去林杰家找过他了，他说我重返旷达得有您的同意才行。”彭博说。

“既然是这样，我只能说不同意。”祝置城说。

“就因为我当初向王元美提供了您研制生化人的信息？在那种连锅都快揭不开的日子，谁能不为自己的肚子着想？我跟了您这么多年，没有功劳也有苦劳，起码比林杰贡献大吧？舅舅，求求您，再给我一次机会吧，我是您亲外甥呀！”彭博央求道。

祝置城摇头，下了逐客令：“我今天比较累，想早点儿休息。”

彭博的脸色很难看，他说：“我可以告诉您，林杰这人品质不好，他在旷达给您开车时，有一次借修车的机会吃回扣，收了修理厂送的高压锅，高压锅的钱混在修车费里了。”

“还有什么？”祝置城问。

“他还开着公司的车拉私活，给朋友结婚用，光是红包那天他就收了一千元。”彭博说。

“据我所知，那次是你的朋友结婚，是你让林杰去的。”祝置城说。

“我让他去他就去呀？做事还有没有原则？”

“你给我滚！”祝置城控制不住了。

邓加翔赶紧过来劝彭博走。

“人家外面说，”彭博在门口大声对祝置城说，“你让一个出租车司机当旷达的总裁，是任人唯亲！是把股东的利益往火里扔！”

邓加翔将彭博推出家门。彭博在走廊里骂。

祝置城平静地对生气的邓加翔说：“让他骂去，不要理他。”

夜里十二点，已经睡下了的祝置城接到妹妹打来的替彭博求情的电话。祝置城对妹妹说，让彭博另找出路吧，他在旷达已经是双方都不要的人物了。

祝涛那天在川端次郎家见到肖慧勤后，就决定和肖慧勤形影不离。祝涛先是要求将肖慧勤带回家，多由美子劝祝涛住在她家，反正快去日本了。祝涛正担心自己将肖慧勤带回家后难以面对父亲，就同意了。多由美子又说服了祝置城夫妇。祝置城在这件事上已经没有发言权。邓加翔考虑到祝涛和祝置城的关系尚未缓和，祝涛先和肖慧勤在川端次郎家缓冲一下再和祝置城一同去日本也好，就同意了。

多由美子拿出一间宽敞的卧室给祝涛住，肖慧勤仍然和小鱼慧子住。真正和肖慧勤形影不离的，是小鱼慧子。即使祝涛和肖慧勤独处时，小鱼慧子也要通过藏在肖慧勤身上的窃听器监听。

那天，川端次郎当着祝置城夫妇的面，宣布肖慧勤不再是他家的保姆，而是贵宾。小鱼慧子也不再是厨师，而是专门伺候肖慧勤的女佣。肖慧勤坚决不同意让小鱼慧子给她当女佣，后来多由美子建议以姐妹相称，肖慧勤才同意。

祝涛、邓加翔和肖慧勤都明白，川端次郎家之所以如此重待肖慧勤，都是由于G公司求贤若渴看中了祝置城的才干。

肖慧勤不习惯专职从事恋爱“工作”，依然要打扫卫生。而多由美子坚决不同意。肖慧勤见多由美子自己打扫卫生，很是奇怪，问多由美子为什么不再找个保姆。多由美子说没地方住了，等肖慧勤去日本后再找保姆。事实上，是渡边叮嘱多由美子在肖慧勤离开前不要再找保姆，渡边担心新保姆发现疑点从而节外生枝。三岛武夫指示渡边尽快将祝置城全家和肖慧勤带到日本去，特别是在三岛武夫获悉肖慧勤经过病菌试验表明她不会生病之后。

祝涛和肖慧勤重逢后，一直在寻找适当的时机将实情告诉肖慧勤，他不能向恋人隐瞒，尽管他清楚肖慧勤知道后会痛苦万分。

就在祝置城出席旷达公司董事会会议那天下午，祝涛决定告诉肖慧勤她已经不是人。祝涛到肖慧勤的房间，看见肖慧勤和小鱼慧子在用手语聊天。

“慧勤，你来一下。”祝涛叫肖慧勤。

肖慧勤跟着祝涛走进祝涛的卧室，祝涛关上门。

小鱼慧子打开录音笔，通过隐藏在肖慧勤身上的微型麦克风录下祝涛和肖慧勤的交谈。

“慧勤，有件事，我必须对你说，但你得先答应我，不管听到了什么，都要坚强。有我在你身边。”祝涛搂着肖慧勤的肩膀说。

“你要离开我？”肖慧勤忐忑不安地问。

“比这还要严重。”祝涛说。

“怎么会有比你离开我还严重的事？你得大病了？绝症？”肖慧勤瞎猜。

“我先问你几个问题，你要如实回答我。”祝涛说。

“我怎么会不如实回答你的问题？”肖慧勤依偎在祝涛身边说。

祝涛松开肖慧勤，坐到她对面，说：“你现在可以很长时间不吃饭、不喝水、不睡觉和不大小便？”

“是的。”肖慧勤点头。

“有月经吗？”祝涛问。

“没有了。”肖慧勤脸红了。

“身上有劲儿？”

“特有劲儿。”

“你觉得这样好吗？”

“不好。”

“为什么？”

“永远不吃饭的感觉能好吗？”

“就是……吃饭是人生的一项基本享受……”祝涛表情悲哀，“不睡觉更难受吧？”

“连做梦的机会都没有了。我爱做梦。”肖慧勤叹了口气。

祝涛没有再细问月经的事，他清楚，肖慧勤停止月经意味着丧失了生育能力。

“我觉得我现在就是一台干活的机器……”肖慧勤说，“祝涛，乡下人进城后都变成我这样？”

祝涛摇头，他的眼里出现了泪水。

肖慧勤吓了一跳，她问祝涛：“你怎么了？”

祝涛用袖子使劲儿擦了一下眼睛，他攥住肖慧勤的双手，对她说："慧勤，我要告诉你一件很严重的事，你已经不是人了……"

"你才不是人呢。"肖慧勤咯咯笑着说，她认为祝涛在逗她玩。

"慧勤，我不是和你开玩笑。"祝涛用力攥肖慧勤的手，"你想想，作为人，有谁能不吃饭不喝水活着？这正常吗？农村人进城再吃顶了，也不会永远不吃饭了呀！"

肖慧勤不笑了。

"你现在已经是生化机器人了……"祝涛说。

"什么是生化机器人？"肖慧勤问。

"生化机器人就是外表和人一模一样的机器人。"

"我生下来就是生化机器人？"

"是我爸爸把你弄成生化机器人的。"

"你爸爸？怎么会？"肖慧勤听不懂祝涛说什么。

祝涛将来龙去脉告诉肖慧勤。祝涛从祝置城和王元美创办旷达公司说起，一直到王元美和祝置城翻脸，再到祝置城研制生化人失败，再到祝置城瞒着家人拿肖慧勤做实验，以及祝置城发现儿子和肖慧勤的恋情后慌忙编造肖慧勤偷钱的冤案从而解雇她……

肖慧勤目瞪口呆。

祝涛说完后看着肖慧勤，等她说话。肖慧勤一言不发，目光呆滞。

"慧勤，我爸这么做是犯法的，你应该告他！追究他的法律责任，我出庭给你做证！"祝涛说，"这和谋杀没有区别，是死罪。"

肖慧勤不说话。

"慧勤，你别这么憋着，你一定要说出来！"祝涛摇晃肖慧勤的身体。

肖慧勤终于说话了："祝涛，你早就知道我是机器人了，你还和我好？"

“只要你有一口气在，不管你是什么，我今生今世非你不娶！”祝涛斩钉截铁。

“为什么？”

“你是金子。曾经沧海难为水。和金子恋爱过的人，怎么再去和铜铁打交道？”

肖慧勤虽然没有完全听懂祝涛的话，比如沧海什么的，但她相信祝涛的誓言，祝涛和她重逢时是直接用他的心脏吻的她，她还没听说过更没见过用心脏吻别人的。

“我不告你爸。”肖慧勤说。

“为什么？”祝涛问。

“不管他怎么伤害了我，但他是你爸爸。他被判死刑，你绝对不会高兴。”肖慧勤说。

“你确实是金子。”祝涛说。

“你也是。”肖慧勤说。

两块金子紧紧融合在一起。

“有件事，我觉得挺奇怪。”祝涛松开肖慧勤，说。

“什么事？”肖慧勤问。

祝涛压低了声音：“我总觉得川端次郎他们这么款待咱们，好像里边有什么目的。”

“你多心了，人家是看中了你爸爸的才能。”肖慧勤对川端次郎家有好感。

“怎么会这么巧？我爸来这里做客，就碰见了你？得知你和我的关系后，川端次郎马上就同意你和我们全家一起去日本。天下没有白给的午餐。”祝涛说。

“不是有句话叫无巧不成书吗？你还是多心了。”肖慧勤拍拍祝涛的头。

“我想做个试验，需要你配合。”祝涛说。

“你说。”

“你去日本前，要办护照。按咱们国家现在的规矩，公民办护照要在户口所在地办理，也就是说，你要回甘肃办护照。”祝涛给肖慧勤扫盲。

“我正想回家看看，这个规定挺有人情味，特别关照出门在外的人。”肖慧勤笑了。

“你借回家办护照的机会，向川端次郎提条件。”

“我提什么条件？”

“你让日本人出钱给你家盖一栋这样的别墅，如果他们不同意，你就不去日本……”祝涛看着肖慧勤说。

“你怎么能教我做这样的事？这算什么？”肖慧勤腾地站起来。

“你听我说，”祝涛解释，“他们不可能同意。如果他们不同意，说你爱去不去，这就说明他们在这件事上没有阴谋。你再收回你的条件，和我们一起去日本。”

“如果他们同意我的要求呢？”肖慧勤问。

“那就太不正常了！你想想，他们看重的是我爸，我妈提出必须带上儿子一起去日本，人家同意了。这还说得过去。后来又冒出一个准儿媳，人家也同意一起去。后来准儿媳又提出给她家盖一栋别墅，人家又同意了，天下有这种傻子吗？”

“如果川端次郎同意了给我家盖别墅，咱们就不去日本了？”肖慧勤问。

“咱们还去，我想去日本发展。”祝涛说，“他们无非看出了你是生化机器人，对你和我爸感兴趣，可他们能拿咱们怎么着？现在是二十一世纪，日本又是法治国家，再说还有咱们国家驻日本的大使馆和领事馆能保护咱们。”

“既然是这样，我索性再提一个条件，让他们给我们县投资建一条铁路，签了合同我才走。”肖慧勤进步很快。

“太好了，你就这么提条件。”祝涛表扬未婚妻。

晚餐前，川端次郎将祝涛和肖慧勤下午的交谈内容翻译给渡边听，渡边大骂祝涛心狠手辣。

“怎么办？”川端次郎问渡边。

“我请示总裁。”渡边不敢擅自做主。

渡边立刻给三岛武夫打电话。

三岛武夫思索对策。

很快，三岛武夫答复渡边：满足肖慧勤的条件，这对G公司实在算不了什么，何况在中国西部投资建铁路笃定是一桩赚钱的买卖。只要能将祝置城全家包括肖慧勤弄到日本来，就由不得他们了，什么二十一世纪什么法治国家什么大使馆，祝涛未免过于天真了。三岛武夫叮嘱渡边要尽快，如果哪天肖慧勤又想在出国前状告祝置城，就麻烦了。三岛武夫还告诉儿子，工会近期拟组织G公司工人为争取提高工资而罢工，用生化机器人取代工人的事迫在眉睫。

渡边表示力争在五天内带祝置城全家启程去日本。

第二十八章　重返故乡

晚餐后，肖慧勤对多由美子说，她有事要和川端次郎先生说。已经被丈夫吩咐过的多由美子马上带肖慧勤去川端次郎的书房。

川端次郎在书房佯装看书，实为恭候肖慧勤摊牌。

“川端先生，去日本前，我得回甘肃老家办护照。”肖慧勤对川端次郎说。

“我们陪你去，本公司一直对中国的西部感兴趣，现在又赶上开发西部。以前总是没时间，这次借这个机会，我去西部考察一下，比如投资修路什么的。”川端次郎说。

“太好了。”肖慧勤脱口而出。

“肖慧勤小姐有什么要求也可以提，家里有什么困难？”川端次郎体恤地问。

“我……想给家里……我家的房子四面漏风……”肖慧勤脸红了。

“我送你家一栋房子，起码不亚于我住的这座，怎么样？以祝置城先生的才干将来对本公司的贡献，这实在不算什么。”川端次郎说。

“谢谢川端先生。”肖慧勤鞠躬，“咱们什么时间走？”

“明天早晨坐飞机去，到兰州再换乘汽车去你们县。让祝涛也一起去。”川端次郎说。

肖慧勤笑得灿烂辉煌。

肖慧勤从川端次郎的书房出来后，她径直去祝涛的房间报信。

“川端次郎同意了我的所有要求，而且是他先说的。”肖慧勤对祝涛说。

“你给我学一遍。”祝涛说。

肖慧勤重复她和川端次郎交谈的全部内容。

“他们对你绝对感兴趣。”祝涛沉思，“这只能说明，日本人已经发现我爸将你弄成了生化机器人。”

“这是一项伟大的发明？”肖慧勤糊涂。

“你昏了头？怎么能是伟大的发明，明明是罪恶的发明，是犯法。”祝涛说。

“日本人是想利用你爸的才能从事别的发明吧？我看他们都是知书达理的人。”肖慧勤说，“祝涛，我想给我的家乡修铁路。”

“这样吧，事关重大，咱们应该和父母商量之后再决定。”祝涛说，“明天一早，我同你回家和父母谈。”

肖慧勤点头。

次日清晨，祝涛给家里打电话。

邓加翔从电话中得知祝涛和肖慧勤一会儿回家，兴奋异常，她认定儿子要和祝置城修复关系。

祝置城更是喜上眉梢，抢着收拾屋子。

川端次郎派车送祝涛和肖慧勤回家，小鱼慧子表示要去祝涛家看看，肖慧勤同意了。

祝置城夫妇像迎接贵宾那样欢迎儿子和肖慧勤。祝置城不敢和儿子对视，更不敢看肖慧勤。祝置城一个劲儿用英语向小鱼慧子表示欢迎。

“我和慧勤有事跟你们谈。”祝涛对父母说。

祝置城有点儿紧张，他看看邓加翔。邓加翔让小鱼慧子在客厅听音乐。祝置城全家在祝涛的卧室谈事，他们没有关门，因为知道小鱼慧子不懂汉语。

祝涛看着父亲说："我已经将你把慧勤弄成生化机器人的事告诉她了。"

祝置城全身的血液顿时凝固了。邓加翔也认为儿子是来和父亲算账的，不知所措。

"我对慧勤说，她应该告你谋杀，我做证。"祝涛盯着祝置城说，"但慧勤不干，她说不管怎么说，你是我爸。"

祝置城扑通一声给肖慧勤跪下了："慧勤，我对不起你！我罪该万死！"

肖慧勤忙扶起祝置城，含着眼泪说："您别这样……"

祝置城又对儿子说："小涛，爸爸对不起你……"

邓加翔抽泣着对祝涛说："你爸很后悔，他确实不知道你和慧勤恋爱……"

祝涛说："对谁都不能做这样的事。"

"那是那是……"祝置城和邓加翔异口同声。

"我觉得G公司有阴谋……"祝涛将他对川端次郎的怀疑告诉父母。

听到祝涛说肖慧勤提出去日本前回家盖别墅的要求川端次郎都答应了时，祝置城和邓加翔意识到G公司确实是不惜一切代价。

"照这样看来，这事自始至终都是策划好了的？"祝置城感到恐怖。

祝涛说："我分析，是慧勤到川端次郎家当保姆后，川端次郎发现她是生化机器人，于是顺藤摸瓜，发现了你。他们现在是千方百计地要让咱们去日本。"

“咱们不能去！”祝置城说，“我给川端次郎打电话。”

全程监听的川端次郎和渡边在祝置城拨电话时就已制定好了应对方案。

“请找川端次郎先生。”祝置城说。

“我就是。”川端次郎在电话那头说。

“很抱歉，我不得不告诉您，我们不去日本了。”

“为什么？咱们已经签了合同。”川端次郎提醒祝置城。

“这件事是你们精心策划的，你们肯定有某种目的，在没弄清之前，请原谅我们不能去。”祝置城激动地说。

“实不相瞒，我确实是先发现肖慧勤是生化机器人，然后通过调查惊讶地发现您竟然拿她这样一个活生生的人做实验，我感到震惊，不能相信世界上有如此品质的科学家。当我向总公司汇报后，三岛武夫总裁在对您的品质表示遗憾后，表示欣赏您的才华，愿意为您提供一流的研究设施和正确的研究方向。如果您去日本加盟本公司，取得非凡成就只是时间问题。如果您不去，本公司已经花了这么多钱收购旷达，就为了让您出气，这钱我们不能白花，我们会向中国当局举报您的违法行为，您的所作所为恐怕比谋杀还要严重。何去何从，我给您三分钟时间思考。”川端次郎不挂电话。

祝置城捂住话筒将川端次郎的话向家人转述。

“他们抓住了你的把柄，咱们在国内不能待了……”邓加翔说。

“我觉得咱们可以去日本发展，他们无非看上了您在生物学领域的才能，想拿您赚钱。有G公司的实力，再加上您的才干，您很可能会获得非凡成就。”祝涛说。

“我想给我的家乡修路……”肖慧勤说。

祝置城思索，他内心很惧怕川端次郎刚才对他的威胁。他清楚，只要外界知道了他将肖慧勤弄成生化机器人后，等待他的只能是法律的严惩和身败名裂。让G公司投资给肖慧勤家盖房子和修路，也算是他对肖慧勤的补偿。

祝置城其实别无选择，川端次郎给他三分钟时间是给他面子。

“我去日本加盟G公司。”祝置城松开捂着话筒的手对川端次郎说。

“下午两点的飞机，你们一家三口都陪肖慧勤回老家光宗耀祖。我也去。三天后，咱们飞日本。”川端次郎挂了电话。

当天下午，祝置城一行八人乘坐飞机赴兰州，成员有：祝置城、邓加翔、祝涛、肖慧勤、小鱼慧子、多由美子、川端次郎和渡边。渡边是以川端次郎的助理身份出现的。

抵达兰州后，他们租乘一辆豪华商务车去肖慧勤的老家。沿途满目荒凉。

汽车行驶到一个前不着村后不着店的地方时，一根粗木头横放在路中央，路边站着几个彪形大汉。

“糟糕，碰上劫道的了。”本地司机说，“你们快把贵重物品藏起来。”

“能对付吗？”渡边问小鱼慧子。

小鱼慧子看了看车外的人数，说：“应该没问题。”

“子弹头”停在木头前边，一个大汉用棍子击打车身，喊道：“都下车！”

邓加翔吓得脸煞白。

“你的老乡很不友好呀。”祝涛和肖慧勤开玩笑。自从肖慧勤成为机器人后，祝涛什么都不在乎，什么都不怕。

小鱼慧子率先下车，轻而易举就放倒了离她最近的西部大汉。其他大汉蜂拥而上，被小鱼慧子打得遍体鳞伤。

“你的老乡真给中国丢人，连这么个日本弱女子都打不过。”祝涛批评肖慧勤。

“小鱼慧子可不是弱女子，她练过柔道。我的老乡哪儿有闲钱进修功夫？”肖慧勤为父老乡亲辩护。

除了车上的日本人和肖慧勤外，所有人都对小鱼慧子刮目相看，那司机差点儿忘了怎么开车。

汽车经过六个小时的颠簸，停在了肖慧勤家残破的房子门口。当肖慧勤衣衫褴褛的父母和弟弟看见肖慧勤在一帮城里人的簇拥下从一辆耀武扬威的汽车里出来时，呆了。

“大！妈！弟弟！”肖慧勤冲过去和亲人拥抱。

肖慧勤先将祝涛介绍给家人：“这是我的对象祝涛。”

祝涛上来就管肖慧勤的父母叫爸爸妈妈。肖慧勤的父母难以置信他们的农业户口女儿竟然带回了城里的非农业户口后生。

祝置城和邓加翔一一和亲家见面。

当肖慧勤的父母听说川端次郎等人是外国人时，更是吃惊不已。

众人分别将各自准备的礼物送给肖慧勤的家人。川端次郎送给肖慧勤父亲的是一台具有赌博功能的游戏机。

村民们早将肖慧勤家围得水泄不通。村长获悉川端次郎是日本G公司中国分公司总经理后，忙打电话叫来了胡乡长。胡乡长自知级别不够，立即打电话通知李县长。

李县长乘坐奥迪风驰电掣地赶到前肖自然村，和川端次郎一行见面。

“幸会幸会，什么风能把这么尊贵的客人吹到我们这里来？”李县长忙不迭递上名片。

川端次郎和李县长交换名片。

“我家使用的都是贵公司生产的电器，日本质量，没的说！”

李县长对川端次郎说。

“我家的G牌电视机老坏。”祝涛说。

“我们还有需要改进的地方。”川端次郎恨不得吃了祝涛，但他不敢露出丝毫怒意。

当李县长获悉是进城当保姆的本县前肖自然村的农家姑娘肖慧勤觅得生物学家的公子为夫婿从而将日本企业家引来穷乡僻壤时，握着肖慧勤的手说：“你为咱们家乡立了功，比那些上大学的娃强多了，那些娃大学毕业没一个回来的，都是白眼狼。”

肖慧勤很风光。

李县长对川端次郎说：“本县是国家级贫困县，急需有识之士投资，希望川端先生能借此机会考察。”

“我们是被肖慧勤小姐说服来这里看看的。如果她有意，我们是会投资的。”川端次郎说。

李县长惊讶肖慧勤的能量。

肖慧勤越发在县长面前昂首挺胸。她对川端次郎的好感骤然提升。

李县长忙对肖慧勤说：“慧勤一定会为家乡做贡献的！”

“我有个条件。”肖慧勤对县长说。

“你说。”李县长迫不及待。

“我哥是被乡里来收税的干部害死的，我要求将凶手绳之以法。”肖慧勤说。

“怎么回事？”李县长显然没听说过此事。

脸色煞白的胡乡长将李县长拉到一旁小声说事情的经过。

李县长当众怒斥胡乡长：“我不管是谁！这绝对是犯法！烧死了人，赔几千元就算完了？为什么不追究法律责任？你们还有没有法治观念？宪法里都写了‘依法治国’！这么大的事，怎么没人向我汇报？照你们这么干，老百姓还活不活？”

乡长村长吓得浑身筛糠。

李县长掏出手机打电话：“尹检察长吗？我是李意房，有个案子你马上给办一下，去年前肖自然村有个小伙子在乡派出所被烧死了的事你知道吗？不知道？这是人命关天的事，你先把涉案人给我抓了再立案，有胡乡长、前肖自然村肖村长、乡税务所马副所长……”

李县长挂断电话后，看肖慧勤。肖慧勤的父母给李县长跪下磕头谢恩。李县长眼含泪水扶起两位农民，说该下跪的是他，这么大的事作为一县之长的他竟然不知道。

川端次郎对李县长说：“有三件事，请您尽快办。第一，在二十四小时内给肖慧勤办理护照。第二，本公司出资给肖慧勤家建造一栋别墅，委托给您办理，这是五十万元支票。在这里，五十万元应该能盖很好的房子。”

李县长接过支票，说：“当然，我会安排专人负责，请川端次郎先生放心。”

“第三，本公司有意投资修建一条从这里……”川端次郎跺脚示意起点，“到兰州的铁路，咱们签订投资意向书。”

“不是意向书，是正式的合同书。”祝涛纠正川端次郎。

多由美子小声将祝涛的话翻译给渡边后，渡边在肚子里咬牙切齿。

李县长感激地看了祝涛一眼，本来他对祝涛刚才抢白他贬低日本货没好印象。

“行，签订正式合同书。”川端次郎爽快地同意了。

“这里比较……我在县宾馆准备了宴席，请各位赏光。”李县长说。

“就在我家吃。”肖慧勤说。

“你派车把饭菜拉来。”祝置城对李县长说。

李县长看川端次郎。

“就在这儿吃。”川端次郎说。

李县长惊讶日本企业家竟然对祝置城一家言听计从。

两辆面包车由警车开道，沿着崎岖的山路送来了宴席。随后赶来的检察院的警车抓走了胡乡长和肖村长。

祝置城全家、川端次郎夫妇、渡边和小鱼慧子以及肖慧勤全家，在肖慧勤家破旧的房子里享用李县长的盛宴。

屋外人山人海，几乎全县的农民都来围观。不少农民强迫自己的女儿或老婆立刻进城当保姆。

肖慧勤在宴席上一直哭，谁劝都止不住。后来祝涛也掉了眼泪。

第二十九章　东瀛第一夜

祝置城全家启程去日本那天，去机场送行的有林杰和杨虹。头天夜里，一场大风横扫这座城市，满天飞舞的尘沙有恃无恐地肆虐一切，连月亮都被蒙上了一层黄土，显得蓬头垢面。

“祝总到日本后给我来电话，常联系。”杨虹说。

“那当然，我依旧给你独家采访权。”祝置城说。

“祝总要多保重。”林杰说。

“放心吧。你一定要把旷达经营好。”祝置城拍拍林杰的肩膀。

“这是我的邮箱。”杨虹递给祝涛她的新名片，“有事给我发‘伊妹儿’。”

川端次郎夫妇来机场为渡边和祝置城全家送行，只要祝置城一家上了飞机，川端次郎的任务就算完成了。三岛武夫说，SB 计划完成后，会给川端次郎丰厚的劳务费：奉送可观的 G 公司股份。

川端次郎不停地看表，祈祷时间走得快一些，他怕节外生枝，特别担心的是祝涛。川端次郎认为祝涛是唯一能阻止他拿到三岛武夫给他的奖赏的人。

“祝涛。”一个女声叫祝涛的名字。

川端次郎、渡边和小鱼慧子警惕地顺着声源扭头看。

“魏婷婷。”邓加翔皱眉头。

多由美子赶紧问邓加翔：“她是谁？”

“小涛从前的恋人。”邓加翔说。

“她现在做什么工作？”多由美子问。

“不知道。”邓加翔说。

多由美子用日语向渡边和小鱼慧子汇报。

魏婷婷走到祝涛面前，对他说：“我听说你去日本，来送送你。”

祝涛将肖慧勤拉过来，对魏婷婷说：“这是我的未婚妻肖慧勤。”

魏婷婷尴尬地和肖慧勤碰了碰手，眼里全是嫉妒。

“我能单独和你说几句话吗？”魏婷婷问祝涛。

渡边和川端次郎紧张了。

“没这个必要，你有什么话就在这儿说吧。后悔了？”祝涛不看魏婷婷。

魏婷婷咬着下嘴唇说：“那我就不说了，祝你一路平安。”

魏婷婷说完转身跑了。

祝涛嘴上不留情，心里却倒海翻江。他的目光一直追寻魏婷婷的身影。

渡边和川端次郎的心提到了嗓子眼。

广播提醒乘坐日本航空公司飞机的乘客开始办理出关和登机手续。

川端次郎长出了口气，他甚至去帮祝涛提箱子。目送通过出境检查的祝置城一家，川端次郎如释重负。杨虹和林杰向祝置城全家挥手。川端次郎向渡边悄悄打了个 V 手势。渡边会心地笑了。

飞机抵达东京后，祝置城一家连机场都没出，就在渡边的带领下登上了一架小型喷气商务飞机。

“这是去哪儿？”祝置城问渡边。

渡边看随同商务飞机来的翻译。翻译将祝置城的问话翻译给渡边。

“去G公司新建的生物公司所在地，三岛武夫总裁在那里恭候祝先生。”渡边说。

肖慧勤和祝涛是头一次出国，感到新鲜。飞机舷窗下是美丽的日本风光。

经过近四十分钟的飞行，飞机在一座很小的机场着陆，停机坪上停着一排豪华轿车。机场不远处有一片灰色的建筑群。

桥本在舷梯旁和先下飞机的渡边拥抱。祝置城一出机舱门就看见了舷梯旁的数十名戴墨镜塞耳机剃平头穿西服系领带的日本彪形大汉。

“怎么跟好莱坞动作电影似的？”祝置城嘀咕。

“好像不妙。”祝涛停住脚步。

渡边将祝置城夫妇介绍给桥本，桥本一边鞠躬一边热情地和祝置城夫妇握手。

渡边介绍祝涛和肖慧勤时，发现他们站在舷梯上不下来。

祝置城叫祝涛，祝涛这才意识到他身后的飞机也是G公司的，不下来没任何用。

祝置城夫妇由桥本陪同乘坐一辆车，祝涛和肖慧勤由小鱼慧子和渡边陪同乘坐另一辆车，两辆车的前后各有四辆车保驾护航。车队悄无声息地鱼贯离开机场，快速驶向那片灰色建筑群。

在车上，桥本告诉祝置城夫妇，前边的建筑群就是G公司新成立的生物公司，机场是生物公司的配套设施。

祝置城惊讶生物公司的戒备森严，汽车经过三道门才进入公司主建筑群，荷枪实弹的保安比比皆是。四周是装有电网的高墙壁垒。

“一个企业，干吗弄得跟监狱似的？”祝置城通过翻译问桥本。

“如今商业竞争到了你死我活的地步，商业间谍无孔不入，像生物公司这样的高科技企业，是竞争对手窥探的目标，不得不防。”桥本说。

祝置城点头。

车队停在一座两层小楼前，桥本告诉祝置城夫妇，这是他们的住所。

祝置城夫妇、祝涛和肖慧勤在桥本的陪同下进入小楼，楼内的豪华设施令祝置城全家目瞪口呆。每间卧室都配有带桑拿浴和冲浪按摩浴缸的卫生间。

“这座房子就属于你们了。这是祝先生夫妇的卧室，这是公子的卧室，这是肖小姐的卧室……”桥本带祝置城全家参观房子。

祝涛的卧室和肖慧勤的卧室之间有一道门相通。祝置城惊讶日本人的关注细节和体贴入微。

“请你们洗漱休息一下。三岛武夫先生在恭候祝先生。我过十分钟来接祝先生。”桥本说，“想吃饭就按铃通知厨师，厨师和仆人二十四小时值班。”

桥本走后，祝置城问家人：“感觉怎么样？”

“这房子太漂亮了！”邓加翔感慨。

“我们是托叔叔的福。”肖慧勤对祝置城说。

“日本人确实重视人才。”祝涛说，“企业之间的竞争，说穿了是人才的竞争。刚才机场上那么多保镖，我还觉得多此一举。现在看来，他们把老爸当特殊人才了。”

这是生化事件后，祝涛头一次恢复称呼祝置城为老爸。邓加翔感到欣慰。

“我洗把脸，一会儿去见三岛武夫。”祝置城情绪很高，“你们都洗个澡，换换衣服，然后叫厨师做晚饭。你们等我回来一起吃咱们到日本后的第一顿晚餐。”

三岛武夫通过电视监视系统看祝置城全家，渡边在一边讲解。

十分钟后，桥本按响了祝置城住所的门铃。祝置城西服革履跟桥本乘车去见三岛武夫，邓加翔送丈夫到门口。

汽车行驶了不到五分钟，停在一座平房门前。桥本领祝置城进入屋子，门口的保安向祝置城敬礼。

“欢迎欢迎，”三岛武夫和祝置城热烈握手，“欢迎祝先生加盟本公司。”

祝置城早在媒体上见过三岛武夫的英姿，惊讶三岛武夫竟然会说汉语，虽然生硬，但可以交谈。

“久仰三岛武夫总裁的大名，今日得以目睹先生的风采，我感到荣幸。”祝置城激动道，“没想到总裁会说汉语。”

“请坐。”三岛武夫对祝置城说，“我祖父在中国待过，他的汉语很流利，后来家父跟他学说汉语。我也遗传了几句，见笑。”

“承蒙三岛武夫总裁看重，我能加盟G公司，深感荣幸，我会竭尽全力贡献我的微薄力量。”祝置城说。

三岛武夫看着祝置城说：“我钦佩祝先生的魄力，特别是在将人变成生化机器人方面。”

“那是我的一念之差，还请三岛武夫总裁原谅……”祝置城脸红了。

“祝先生错了，那不是一念之差，而是建功立业。照祝先生的说法，人类拿动物做实验也是不道德的，动物和人一样，都是生命。但它们的生命不如人类的生命重要，所以人类拿动物做实验天经地义。如果祝先生拿一位著名科学家做生化机器人实验，那是不合适的，但祝先生拿一位农家姑娘做试验，人类是不会怪罪您的。我就完全理解。”三岛武夫说。

祝置城茫然地看着对面的三岛武夫。

“我这个人不喜欢兜圈子，”三岛武夫喝了口茶，“实不相瞒，如今经济全球化将所有企业推到一个舞台上拼杀，本公司已经有力不从心的感觉。”

“怎么会？”祝置城不信。他看到的是G公司的产品畅销全球的大好局面。

三岛武夫苦笑，说：“越大的企业破产越快，一夜之间的事。”

祝置城说：“您不是已经成立了生物公司吗？我会尽全力为G公司开发生物产品，这是我的计划。”

祝置城将写好的计划从皮包里拿出来递给三岛武夫。三岛武夫扫了一眼，明显不感兴趣地将计划书放在茶几上。

“本公司要想立于不败之地，只能在降低成本上下功夫，而降低成本的最好办法是使用廉价劳动力。”三岛武夫说。

祝置城觉得自己的强项不是企业管理，不明白三岛武夫和他说这些干什么。

“现在，只有祝先生有能力拯救本公司，这正是我不惜一切代价请祝先生来日本的原因。”三岛武夫注意观察祝置城的反应。

三岛武夫的话吓了祝置城一跳，他结结巴巴地说：“总裁……言重……了……，我怎么可能……有……拯救……G公司……的……能力……”

三岛武夫打断祝置城的话，一字一句地说：“请祝先生帮助我，用生化机器人取代本公司的所有流水线工人。”

祝置城说：“我没有能力制造出生化机器人。”

“不光祝先生目前没能力制造出生化机器人，据我所知，如今全世界没有任何科学家能制造出生化机器人。”三岛武夫说，“我要求祝先生像生化肖慧勤那样帮助我。”

祝置城猛地站起来，问：“您说什么？”

三岛武夫示意祝置城坐下，重复自己刚才的话。

“绝对不行，这是犯罪！”祝置城瞪大了眼睛。

“生化一个人和生化一万个人的性质是一样的。”三岛武夫提醒祝置城他已经不是干净的人了。

“我绝对不会做！”祝置城又站起来。

三岛武夫叹了口气，眼睛看着窗外，说：“祝先生比较天真，您想想，我们为请您到日本来，花了二十多亿人民币，这钱我们会白花吗？”

“这是威胁？”祝置城问。

“我还是希望祝先生和我们精诚合作，您会由此很快步入世界最富有的群体。”三岛武夫做出仁至义尽姿态。

祝置城摇头。

“我再给您一分钟时间考虑。”三岛武夫有些不耐烦了，站起来，离开房间。

等候在门外的桥本看三岛武夫，三岛武夫伸出两个手指头，意思是执行 2 号方案。

一分钟后，三岛武夫走进房间，他问祝置城如何决定。

“我不干。”祝置城神情庄重地对三岛武夫宣布。

“您的亲人的命运掌握在您手中。”三岛武夫遗憾地摇摇头，出去了。

祝置城愣了，半天才反应过来，川端次郎如此痛快同意他全家来日本，其实质是拿他的亲人当人质威逼他就范。

桥本和翻译进来，桥本手里拿着一个遥控器。

祝置城不知桥本要干什么。

“我为祝先生惋惜。”桥本对祝置城说，“您应该和我们合作。”

桥本等翻译说完看祝置城。祝置城明白，这是最后通牒。

祝置城摇头，说：“你们不能做这样的事，你们应该珍惜来之不易的企业。”

桥本说：“祝先生难道忘了是我们使得您能在旷达集团的董事会会议上扬眉吐气击败王元美的？祝先生应该知恩图报。”

“早知如此，我宁愿永远败在王元美手下。”祝置城一脸的悔不该当初。

当翻译将祝置城的话翻译给桥本听后，桥本没再说话，按下手中的遥控器。

祝置城面前的墙分开了，露出一面硕大的显示屏。

显示屏上出现了邓加翔、祝涛和肖慧勤，他们正坐在客厅里聊天。

“你爸怎么还不回来？”邓加翔说。

“可能是和三岛武夫谈得投机，老爸不是连生物公司的发展纲要都写好了吗？”祝涛说。

“我怎么右眼皮老跳？”邓加翔略显不安。

祝置城这才知道G公司为他们安排的住所里有监视设备。

“卑鄙。”祝置城瞪了桥本一眼。

祝置城从屏幕上看到数十个大汉突然闯进客厅，将邓加翔、祝涛和肖慧勤强行分开。

“你们干什么？”邓加翔喊叫。

祝涛反抗，一个大汉挥手打了祝涛几个耳光，血顺着祝涛的嘴角流出来。

祝置城在刹那间竟然下意识地想打110电话报警，当他醒悟过来自己和家人身处异国他乡时，恐惧立刻将祝置城团团围住，他觉得自己被吊在半空中，而吊他的绳子就要断了。

大汉们将邓加翔、祝涛和肖慧勤分别扭送进不同的房间，大屏幕上出现了三个不同的画面。

祝置城看不过来，他一会儿看见几个穿白大褂的人将肖慧勤捆在一张床上，然后往她身上接各种仪器；一会儿又看见几个人在殴打反抗的祝涛；一会儿又看见邓加翔被捆了起来。

桥本按动遥控器，大屏幕上只剩下邓加翔的画面。祝置城看见几个人将邓加翔左手的袖子撸到胳膊肘，其中一个人将邓加翔的左手按在桌子上，另一个人举起菜刀。

举菜刀的人看祝置城和桥本，显然，在那个房间也有能看见祝置城待的房间的屏幕。

桥本问祝置城："祝先生不希望太太成为残疾人吧？"

"你们这算什么？！"祝置城声嘶力竭地喊叫。

桥本冲大屏幕点点头，菜刀横空出世，随着一道亮光划过祝置城的心脏，祝置城看见邓加翔的左手离开了手腕，那只被祝置城攥了三十年的左手孤立无援地在桌子上动着，它似乎是在试图握拳，但没有成功。血水染红了桌面，手在血水的润滑下向桌子的边缘滑动……

邓加翔发出惨绝人寰的叫声。

祝置城吐了，他蹲下，不敢再看大屏幕。

桥本也闭上了眼睛，看得出，他也是头一次目睹这样惨烈的场面。片刻后，桥本拍拍低头呕吐的祝置城的头，示意他再看。

当大屏幕上出现邓加翔的右手又被按在桌子上时，祝置城哭着喊："我和你们合作！"

桥本冲大屏幕喊停。

祝置城看见那些人松开邓加翔的右手，邓加翔已经昏死过去。

桥本关上大屏幕，给祝置城倒了杯水，又吩咐翻译将祝置城的呕吐物清除。

三岛武夫进来了，对祝置城说："谢谢祝先生的明智选择，您如果早答应，夫人就不会受罪了。当然，您醒悟得还不算晚。"

祝置城透过泪水看三岛武夫，三岛武夫的脸变成了一具骷髅。

"你要……保证……不再伤害……我的家人……"祝置城提条件。

"我保证。"三岛武夫说，"其实，祝先生家人的安全掌握在您自己手中。"

"将我太太的手接上。"祝置城说。

"我们会将尊夫人的手冷冻保存，待祝先生和本公司合作的生化机器人成功后，我担保找日本最好的医生为尊夫人做断手再植手术。"三岛武夫微笑着说。

"现在就做！"祝置城坚持。

"生化机器人成功后再做！"三岛武夫提高嗓门，其语气不容置疑。

此刻，祝置城想起了父亲留下的不要去日本的家训，想起了死于日本 731 部队手中的爷爷。

祝置城自我安慰，心想，反正是将日本人变成生化机器人，就算是给爷爷报仇吧。这么一想，祝置城心里踏实了些。

"准备好生化谁了吗？ G 公司的员工？"祝置城问。

三岛武夫冲身后的桥本点头，桥本按遥控器。大屏幕上出现了一屋子人，这些人个个蓬头垢面，坐在地上。

"就是他们。"三岛武夫指着大屏幕对祝置城说。

"他们是什么人？"祝置城问。

"偷渡客。百分之八十是祝先生的同胞，剩下的是东南亚人。在您的同胞中，福建人比较多。据我所知，王元美先生就是福建人。”三岛武夫说，“这是一百人，先由祝先生试验。成功后，再生化三万人。”

“不拿日本人做实验？”祝置城失望。

“怎么能拿日本人做实验？”三岛武夫奇怪祝置城竟然会有如此荒唐的想法，“将日本人变成生化机器人，迟早会露馅，那样咱们就完了。而生化偷渡客万无一失。”

“这和当年的日本731部队有什么区别？”祝置城小声说。

三岛武夫说：“看来祝先生对敝国731部队耿耿于怀。其实，当年的731部队集中了日本医学界的精英，假如不是战败，会有很多对人类有益的药物问世，其意义不亚于青霉素。说不定，癌症早被攻克了。用活人做医学实验，是事半功倍的事。用动物做医学实验，大大延长了人类攻克疾病的时间，导致很多人死亡，这就是人道吗？”

祝置城咬碎了一颗牙，咽进肚子里。

“我要求和我的家人在一起，不然我无法进入工作状态。”祝置城提要求。

“不行。”三岛武夫断然拒绝，“成功后，祝先生尽可以和家人团聚，享受天伦之乐。我给你最多一百天时间，将这一百名偷渡客变成生化机器人。如果一百天以后祝先生还没成功，您拥有的亲人数量将减少。”

祝置城说：“我起码需要我儿子给我当助手，我制作的第一台生化磁场仪是在他的协助下完成的。”

祝置城觉得和祝涛在一起，逃出去的可能性较大。祝置城清楚，只要G公司掌握了他的生化机器人技术，他和家人的下场肯定是被灭口。在这区区一百天之内，如果祝置城和家人能逃出去，就有生还的希望，否则，只有死路一条，不管他是否将这一百名偷渡客弄成生化机器人。

三岛武夫似乎洞悉了祝置城的算盘，说：“我们会给祝先生派一流的助手。据我所知，令郎并非生物系毕业。有一点我要提醒祝先生，这里与世隔绝，而且警戒森严。我希望祝先生不要动非分之念，就算你跑出去，附近的警察都是我的人。”

祝置城让步：“我要求每天和家人通过摄像系统见一次面。”

“我答应。”三岛武夫说，“祝先生就在这套房子里制作生化磁场仪。有五名精通汉语的助手供您驱使。”

第三十章　突围逃亡

三岛武夫料定祝置城不会实心实意为他服务，因此委派最优秀的生物学家给肖慧勤做全面体检，争取能从肖慧勤身上找到将人变成生化机器人的途径。遗憾的是三岛武夫的嫡系生物学家无功而返，他们告诉三岛武夫，祝置城确实是这个领域的天才，如今世界上无人能比。他们还说，倘若祝置城在美国，早世界闻名了。

三岛武夫只有靠祝置城这一条路了，他自信有祝置城的亲属当人质，祝置城只能同他合作，别无选择。

桥本分工负责确保祝置城全力投入工作和看押祝置城的家人。三岛武夫吩咐桥本，绝对要让祝置城的家人活着，不能有人自杀或出意外。三岛武夫清楚，只要有亲人出意外，祝置城就不会再配合了。

三岛武夫和渡边返回距离生物公司六百公里远的家中，三岛武夫给渡边的任务是和蛇头联系，陆续购买三万名偷渡客。

三岛武夫有两个儿子，小儿子三木是东京一家人报的记者。三岛武夫原计划将两个儿子都培养成他的接班人，无奈三木对经商毫无兴趣，自幼憧憬当记者，三岛武夫只好由他去。三木在美国拿到新闻硕士学位后，回国加盟一家印数和声誉同步旺盛的大报，整日乐此不疲地采访写稿。

三岛武夫和渡边回家时，碰巧三木在家，三木见父兄风尘仆仆归来，他对父亲说："公司的事您完全可以放手让哥哥去跑，您不要事必躬亲，要注意保重身体，您的健康才是咱们家和G公司最大的财富。上个月我采访一家公司的总裁，第二天，那总裁就过劳死了，才五十一岁。"

三木从小受父亲疼爱，当他长大有违父命拒绝经商后，父亲很民主地尊重他的选择，三木很感激父亲，他们之间的父子关系十分亲密融洽。

"你放心吧，一般的事，我都交给你哥哥去办。"三岛武夫慈爱地看着小儿子，说。

"据可靠信息，P公司即将申请破产。"三木说，"企业竞争是越来越激烈了。"

P公司在日本是老牌大公司。

"咱们的情况也不容乐观，我和你哥哥正在想办法。"三岛武夫说。

"父亲不会失败。"三木说。

三岛武夫微笑着点头。

在生物公司的高墙内，祝置城已经工作了六天，他这才知道自由的珍贵，甚至留恋在国内时和王元美分庭抗礼的日子，尽管生气，但那是在自己的国家里和自己人怄气，和现在相比，那只能算是一种玩法。

五个助手分明是五个间谍，而且都是登峰造极的生物学内行，他们的十只眼睛一刻也不离开祝置城，祝置城甚至连生化机器人中的任何实质性的细节都不敢想一下，生怕被他们看跑了。祝置城知道，一旦他们掌握了将活人异化成生化机器人的方法，自己和家人就会在这个星球上消失得一干二净。而祝置城最懂得的是，专家和天才之间只隔着一层窗户纸，遗憾的是芸芸众生数量的专家就是捅不破这层窗户纸。祝置城怕身边的这五个专家受他启发捅破窗户纸。

祝置城甚至不敢睡觉，他怕说梦话说出诀窍导致满门抄斩。

每天中午十二点整至十二点零九分，是祝置城和亲人通过摄像机见面的时间。每人三分钟。

祝置城利用和亲人“见面”的机会，想方设法暗示亲人：逃生是他们唯一的生存机会。祝置城和亲人交谈时，说得最多的是“逃”的谐音字。

这天祝置城和亲人在屏幕上见面，依顺序，首先是邓加翔。邓加翔、祝涛和肖慧勤分别被关押，他们互相不能见面，包括在屏幕上。

屏幕上的邓加翔的左手缠着纱布，面容憔悴。

“手还疼吗？”祝置城问妻子。

“不疼了。”邓加翔对亲人撒美丽的谎言。

“我尽快完成生化机器人。三岛武夫先生说，完成后，咱们就能团聚了。”

“我盼望那天……”

“你还记得咱们家那棵夹竹桃吗？那是我最喜欢的花，也不知它是否还活着。”

“应该……还……活着……”邓加翔思索祝置城的话，祝家从来没养过夹竹桃。

“你爱吃桃，以后我给你买很多桃。”祝置城说。

邓加翔最不爱吃的水果就是桃。

“我等着……”邓加翔说。

三分钟一到，邓加翔就从屏幕上消失了，取而代之的是祝涛。

“小涛，知道你的名字是谁给你起的吗？”祝置城别有用心地问儿子。

“是老爸给我起的。”祝涛脸上青紫相间。

“我最喜欢你的名字，当初我和你妈商量好了，不管生男孩儿还是生女孩儿，都叫‘涛’，你喜欢涛吗？”祝置城绞尽脑汁启发儿子逃。

“您忘了？我不喜欢涛，我上中学时，差点儿改名叫祝福，那时特流行将姓氏和名字组成一个词汇。”祝涛执迷不悟。

“爸爸希望你喜欢我给你起的名字。”祝置城苦口婆心地引导。

三分钟已到，肖慧勤取代祝涛出现在屏幕上。

“慧勤，我对不起你和涛涛……”祝置城说。

“叔叔，您不要再说这样的话了。”肖慧勤头一次听祝置城管祝涛叫“涛涛”，她觉得奇怪。

“你今后要为涛涛着想，他有时很任性。”

肖慧勤终于明白祝置城几天来反复对她说“涛涛”而不是“小涛”的含义了，肖慧勤说：“请叔叔放心，我会照顾好涛涛的。”

肖慧勤从屏幕上消失后，助手提醒祝置城该工作了。祝置城无奈地走进实验室。

肖慧勤接受祝置城“逃”的暗示后，开始想办法。由于肖慧勤不吃不喝不拉，关押她的房间没有卫生间，只有一张床。房间里空空如也，墙壁都是由弹性材料制成，以防撞墙自杀。墙壁里暗藏着摄像机。门外是专职看管肖慧勤的两个大汉，他们一般不进来，肖慧勤如果有事，按铃叫他们。

肖慧勤知道自己的一举一动都处于监视中，和祝置城“见面”后，她躺在床上闭着眼睛策划出逃。

尽管没人告诉她为什么祝置城一家一到日本就被隔离关押，但从祝置城几天来和她“见面”时的只言片语分析，以及日本人强行检查她的身体，肖慧勤已经猜出了大概：三岛武夫对祝置城掌握的生化机器人技术感兴趣，而祝置城不配合，于是三岛武夫以祝置城的家人作为人质胁迫祝置城同他合作。几天来，在祝置城的反复暗示下，肖慧勤今天终于清楚，除了逃跑，他们别无出路。

在国内时，祝涛告诉过肖慧勤，她是世界上唯一的生化机器人，祝涛还给她找过几部描写生化机器人的故事片看。在那些电影中，生化机器人个个儿身怀绝技，力大无穷，刀枪不入，令人生畏。

“我会不会也有这样的本事？”肖慧勤突发奇想。

肖慧勤决定尝试。她装作若无其事地将一只手插到身下，使劲掐自己的臀部，确实没有丝毫痛感。肖慧勤再加大力度，依然不疼！肖慧勤拿出手悄悄看，手上沾满自己的血。肖慧勤的裤衩被血浸湿了。

二十分钟后，肖慧勤再将手伸进裤衩里，伤口已经愈合。

肖慧勤欣喜若狂，她要再做力度试验。肖慧勤从床上坐起来，在房间里来回走了几圈，然后像往常那样靠墙脚坐在地上。肖慧勤在腿的掩护下，用右手的大拇指往地板上旋转着捅，通体砖被肖慧勤的大拇指钻出一个小洞。

肖慧勤知道自己的实力了，她开始策划出逃。

肖慧勤决定在看守她的人吃晚饭的时候动手，据她几天来的观察，看守她的两个人是轮流去吃饭。

当肖慧勤听到一个看守去吃饭时，她按铃。那大汉开门进来问肖慧勤什么事。

肖慧勤使出全身的力气突然挥拳猛击那大汉的鼻子，大汉的鼻子被铲平了，只见他仰面朝天倒下去。

肖慧勤明白自己时刻处在摄像机的监视下，她的动作必须快。肖慧勤从大汉身上摘微型冲锋枪，大汉突然醒来抱住肖慧勤的一条腿，肖慧勤用另一条腿猛踩他的眼睛，大汉的一个眼球爆裂，眼球的水晶体溅了肖慧勤一脸。大汉再次昏死过去。

拿到枪的肖慧勤祈祷祝涛和邓加翔也关在这栋房子里。她端着枪顺楼梯下楼，楼梯拐角处站着一个背枪的大汉。

那大汉看见拿着枪的肖慧勤从楼上下来，大吃一惊，他忙举枪瞄准肖慧勤，他想起上司下达的必须确保人质生命安全的命令，他不敢开枪。

“站住！”他冲肖慧勤大喊。

肖慧勤冲他扣扳机，枪不响，肖慧勤不会使用枪。见对方没开枪，肖慧勤胆子大了，她一个飞跃跨过数层楼梯，用全身的力气朝大汉扑压下去。

大汉没有躲，他认为这是生擒肖慧勤的绝好机会，他甚至在心里嘲笑这个中国姑娘的弱智：不会使用枪外加以卵击石飞蛾扑火。

当肖慧勤的身体砸到大汉身上时，他才恍然大悟这不是女人的柔弱身体而是整座富士山，不是以卵击石而是以石击卵。

肖慧勤将那大汉的身体砸进了墙壁，其等于被镶嵌进墙壁，动弹不得。

肖慧勤踹开离她最近的那扇门，祝涛在房间里！

“祝涛！快跑！”肖慧勤说。

祝涛看到拿着枪的肖慧勤，很是吃惊，他问：“你自己闯出来的？”

“你忘了你给我看的生化机器人的电影了？我是生化机器人！你爸暗示咱们逃，知道你妈在哪儿吗？”

祝涛一边拥抱肖慧勤一边说：“咱们在这楼里找。”

“他们的摄像机看着咱们呢，咱们要快，先别亲热了。”肖慧勤提醒祝涛，“对了，你会用枪吗？”

“会，我参加过军训。”祝涛从肖慧勤手中拿过枪，将子弹推上膛。

“快去找你妈，然后去找你爸。”肖慧勤拉着祝涛匆忙离开屋子。

楼外响起了警笛。

“这是二层，你从哪层来的？”祝涛问肖慧勤。

“我被关在三层。”肖慧勤说。

“咱们去楼下找。”祝涛看见了镶嵌在墙壁里已经死了的大汉，“你弄的？”

“对。”肖慧勤边说边从墙上的大汉手里拿过枪，“教我用枪。”

祝涛将自己手中已经子弹上膛的枪递给肖慧勤，拿过她手中的枪，给肖慧勤表演如何将子弹上膛。

“子弹上膛后，你只要对准目标扣扳机就行了。”祝涛说，“军训时我天天发牢骚，现在才知道感恩。”

肖慧勤和祝涛在楼梯上看见下边有两个持枪的保安，肖慧勤和祝涛同时开火，那两人倒在血泊中。

肖慧勤和祝涛下到一层，祝涛对肖慧勤说：“我把守这栋房子的大门，你去找我妈。”

祝涛说完蹲在墙角举枪瞄准大门。

肖慧勤开始挨个踹门，当她踹开第二扇门时，房间里是桥本和一个拿枪的大汉，桥本正在打电话。肖慧勤开枪打死了那大汉，她已经发现敌人不敢向她开枪。肖慧勤用枪指着桥本，问他邓加翔关在哪儿，桥本虽然不懂汉语，但他明白肖慧勤的意思，指斜对门。

肖慧勤让桥本转身，桥本以为肖慧勤要杀他，吓得给肖慧勤跪下了。肖慧勤先将桥本踢翻，再把他拽起来，她用左胳膊从他身后勒住他的脖子，右手拿枪。

肖慧勤用身体推着桥本走出屋子，她踢开斜对门，看见邓加翔坐在床上。

“阿姨！快走！”肖慧勤喊。

邓加翔顾不上问，跟在肖慧勤身后往大门处跑。

枪声大作，祝涛在墙角向门外射击。

肖慧勤探头往外看，房子外边起码有数百人。

“他们不敢向咱们开枪。”肖慧勤告诉祝涛自己的发现。

“我说他们怎么不开枪，看来咱们的性命挺重要。”祝涛回头看见邓加翔缠着纱布的胳膊。

“妈，您的手呢？”祝涛吃惊。

“被他们砍了……”邓加翔泪如泉涌。

祝涛怒不可遏，抬手打了桥本一巴掌，喝道：“我爸在哪儿？”

桥本不说，也许他没听懂。

祝涛朝桥本的左脚面开了一枪，子弹击穿了桥本的左脚，疼得他大喊。

“别打死他，他是咱们的人质。”肖慧勤叮嘱祝涛。

祝涛点头，用枪顶着桥本的脸问：“带我们去找我爸，你要滑头我就毙了你！”

桥本面如土色。

肖慧勤勒着桥本往外走，祝涛和邓加翔跟在后边。

“都退后一百米，谁敢动一下我就打死他！”肖慧勤用枪顶着桥本的太阳穴，冲外边的人喊。

“不要开枪！按她说的办，退后一百米。我带他们去实验室。你们包围实验室，都穿上防弹服，等他们子弹打光了，生擒他们！”桥本欺负肖慧勤们不懂日语，竟然当着敌人的面展开部署。

保安们按桥本的话向后退，给肖慧勤们让出一条路。桥本一瘸一拐地将肖慧勤、祝涛和邓加翔带进祝置城所在的实验室。刚才听到枪声，祝置城知道出事了，他正在心中祈祷。当他看到肖慧勤用枪顶着桥本进来时，欣喜若狂。

祝置城看见邓加翔后冲过去，两个人紧紧抱在一起。

“置城，我真后悔当初王元美解除你的职务后我鼓动你反击，咱们应该随遇而安才是。”邓加翔说。

肖慧勤看见祝置城的五个助手之一在掏枪，她开枪击毙了那人。祝置城从肖慧勤手中拿过枪，将另外四个助手全打死了，他还朝实验室的设备开枪，直到将子弹打光。

“咱们快走！”祝涛说。

已经晚了，大门被从外边封死了。敌人开始通过各个房间的窗户往里扔催泪弹。

祝涛向窗口的人影开枪，直到把子弹打光。催泪弹爆炸后，祝置城全家人的眼睛被辣得死去活来，只有肖慧勤不怕。

桥本满脸是泪，冲外边喊：“他们已经没子弹了！”

“他喊什么？”祝涛问家人。

“估计是对咱们不利的话。”祝置城说，“干掉他吧？”

“他是人质，不能杀。”肖慧勤提醒祝置城暂时别杀桥本。

“我估计咱们逃不出去。”邓加翔一边咳嗽一边说，“这房子被围死了。”

“他们开始进来了！”祝涛看见有人从窗户跳进来。

“逃不出去了……”祝置城叹气。

“不留他了？”肖慧勤指指桥本。

“是他指挥砍掉你妈左手的。”祝置城说。

祝涛扑上去撕打桥本。肖慧勤推开祝涛，瞄准桥本的心脏飞起一脚，桥本的心脏从后背夺框而出，贴在墙上。桥本的心脏在墙上顽强地跳动着，像挂钟。

邓加翔闭上眼睛。

“我带你们冲出去！”肖慧勤说。

“你刀枪不入？”祝置城心头燃起一丝希望。

“估计是。反正特有劲儿！”肖慧勤说，“你们跟在我后边，放心，他们不敢朝咱们开枪，他们还需要生化机器人的技术。”

肖慧勤率先从一个窗口跳出去，她刚着地，一个大铁笼子从天而降，将她罩在里边。肖慧勤用力摇撼铁棍，她的力量还不足以和钢铁抗衡。

“完了……”祝置城说。

实验室的大门开了，身穿防弹服头戴钢盔的保安们冲进来。

祝涛急中生智想起刚才似乎瞥见一间屋子里有电脑，他往那个房间跑，桌子上果然有一台开着的电脑，祝涛敲杨虹的电子邮箱地址，由于杨虹的电子信箱地址由五个 U 组成，所以祝涛印象很深。祝涛要给杨虹发电子邮件，向她透露祝家在日本的危机。走廊里的脚步声越来越近，祝涛只来得及打了三个字母：SOS。当他刚按下鼠标发送电子邮件，几个大汉进来生擒了他。

三岛武夫在家接到桥本的告急电话，惊悉肖慧勤使用他们未曾察觉的力量试图逃跑，电话打到一半时，肖慧勤俘虏了桥本。三岛武夫立即启用备用指挥系统，指挥保安人员擒获了祝置城全家。

三岛武夫和渡边乘飞机火速赶到生物公司，面对十九具死尸，特别是追随他四十年的桥本的缺心的尸体，三岛武夫潸然泪下。

“父亲，应该拿祝涛给祝置城点儿颜色看。”渡边早就对祝涛恨之入骨。

三岛武夫摇摇头，说：“儿子是祝置城的希望。只要儿子完整，祝置城就会和咱们合作。你想想，如果你和三木没了，我还有什么活头？”

“还是拿祝置城的老婆威胁他？”渡边请示父亲。

三岛武夫点头。

这回，祝置城全家是在一间屋子里共同见到三岛武夫的，肖慧勤被关在铁笼子里。

“我对祝先生的所作所为很遗憾。”三岛武夫说完冲部下点点头。

两个大汉上来将邓加翔的右手按在桌子上，另一个人举起刀。那刀显得饥肠辘辘，张着血盆大口。

“你们这些魔鬼！你们剁我的手！”祝涛喊叫。

“住手！我和你们合作！”祝置城急了。

刀落下去了，奇怪的是邓加翔一声未吭，她看着亲人微笑。

一个大汉从桌子上拿起邓加翔的右手，用钉子将手钉在墙上。

“你不会有好下场。”邓加翔平静地对三岛武夫说，她的声调分明显示她还拥有千万只手。

“我会拧断你的脖子！”肖慧勤在笼子里跺着脚冲三岛武夫咆哮。

几个人将邓加翔的左脚放在桌子上。

“祝先生，你和我们合作吗？”三岛武夫问祝置城。

“合作……”祝置城说。

“全心全意？”

“全心全意……”

三岛武夫对手下说：“押祝置城去实验室，限他五十天内完成生化实验。把其他人关进地下室，不能再出纰漏！”

第三十一章　奇怪的电子邮件

杨虹驾驶祝置城送给她的红色汽车去报社上班，汽车里有不少毛绒玩具陪伴杨虹。杨虹很喜欢这辆汽车。

杨虹在报社前的内部停车场找到一个车位，锁好车。她进办公室的第一件事是开电脑看电子邮件。她一边和同事打招呼一边看电脑屏幕。

一封只有“SOS”三个字母的电子邮件引起了杨虹的注意，她看发信人的地址，是一个不熟悉的地址。杨虹根据发信人地址最后的两个字母“JP”判断，这是一封发自日本的电子邮件。

“我在日本没有朋友呀。”杨虹自言自语。

“祝置城不算是你的朋友？”旁边的同事提醒杨虹。

杨虹这才想起祝置城去日本后一直没有音信。

“祝置城在日本向我呼救？是祝涛在开玩笑？”杨虹摇摇头。

杨虹给林杰打电话。

“请找林总。”杨虹拨通电话后说。

“请问您是？”女秘书审查。

“我是杨虹。”

“请稍等。”

“你好，我是林杰。”

“祝总去日本后来过电话吗？”

“没有，他们和你联系过？”

“也没有。刚才我收到一封发自日本的电子邮件，只有SOS三个字母，很奇怪。”

“这样吧，我给川端次郎先生打个电话，向他要祝总在日本的电话。我一会儿打电话告诉你。”

林杰找出川端次郎的电话，他拨号。

“你好，G公司。”对方说。

“我是旷达公司林杰，请找川端次郎总经理。”

“请稍等。”

林杰看着办公桌上的一个小镜框，镜框里是他和祝置城的合影。

“我是川端次郎。”听筒里传出川端次郎的声音。

“您好，我是林杰。您能给我祝先生在日本的电话号码吗？他走后一直没给我来电话。”林杰说。

“真抱歉，我也不知道祝先生的电话。如今商业竞争激烈，对于G公司来说，生物公司是高度企业机密。据我所知，生物公司是全封闭运作。祝先生没给你打电话？他到日本的当天就给我打了电话，说很忙。要不我给你G公司日本总部的电话？你让他们帮你查祝先生的电话，不过我估计他们不会给你，祝先生现在是‘国宝’，他们会保护他不受外部干扰。总部说，祝先生将有惊人之举，取得伟大成就只是时间问题。”

“原来是这样。那我过一段时间再同他联系吧，如果他给您打电话，请您转告他，给我来电话。”林杰说。

林杰放下电话后给杨虹打电话，将川端次郎的话转述杨虹。

“现在经商就跟过去打仗似的，不是你死，就是我活。”杨虹感叹。

“川端说，祝总在日本很忙，也很好，你就放心吧，有了他的电话，我会立刻告诉你。”林杰对杨虹说。

“SOS 是怎么回事？”杨虹说。

“从日本发来的电子邮件不一定就是祝先生，网上的恶作剧比较多，昨天我的电子信箱就被炸了，收到十万多封相同内容的信。”

“这倒是。”杨虹点头，“我也遇到过。”

放下电话后，杨虹的目光依然停留在电脑屏幕上的 SOS 上。她想，G 公司能将祝置城全家接到日本去，可见他们对祝置城的重视程度，从祝置城到日本后连电话都不给林杰打这个细节判断，祝置城一定是全力以赴投入工作，以报答 G 公司收购旷达替祝置城报仇之恩。以 G 公司的实力，再加上祝置城的才华，没准祝置城日后真能取得伟大成就。如果是这样，报社就应该追踪报道祝置城，一旦将来他成功了，报社和她杨虹都会名利双收。

“去日本追踪报道祝置城。”这个念头一出现，就使得杨虹兴奋不已。杨虹的足迹遍布祖国大江南北，但她还没出过国门，在打开国门关上家门的时代，这不能不说是一个遗憾。

杨虹径直去找总编辑。

总编辑听完杨虹的想法，思索。

“我觉得这个想法不错，祝置城是个卖点，追踪报道他去日本后的经历，读者会感兴趣。再说咱们报社还没派记者去日本采访过。你去了后还可以写一些旅日游记，也算给咱们报社填补了一个空白。”总编辑说，“你一个人去行吗？如果派两个人去，费用太高。你自己去不会日语怎么办？”

杨虹说：“我上大学时有一年时间是和日本留学生同住一间宿舍，耳濡目染，能听懂也会说几句，有基础。我可以在去之前突击强化两周。我一个人去没问题。您忘了前年我一个人去过西藏荒无人烟的地方？”

总编辑批准了杨虹去日本追踪报道祝置城的计划。

杨虹开始为去日本做准备，她报了一个学习时间为两周的日语强化班，突击练习口语。杨虹对日语的悟性令教师非常吃惊，有无师自通之嫌。杨虹不知道自己有日本血统的真实身世。日本侵华南京大屠杀时，杨虹的祖母被日军强奸后怀孕，已经嫁人的祖母无法准确判断自己腹中的头胎孩子到底姓中还是姓日。杨虹的爸爸出生后，没人怀疑他有一半日本血统。只有祖母看着外观和丈夫越来越南辕北辙的儿子心知肚明，但她没有勇气说出真相。祖母后来因虐待长子偏爱次子经常遭到家人和邻里的谴责，没人知道其中的原因。

两周后，杨虹踏上了日本的国土。当她乘坐的飞机在日本着陆时，杨虹的心里有莫名其妙的回归故里的感觉。

杨虹乘坐出租车到预订的饭店下榻，该饭店离 G 公司总部很近。稍事休息后，杨虹步行去 G 公司采访祝置城。行前，杨虹通过电话和川端次郎联系，向川端次郎要了 G 公司总部的地址。

G 公司总部大厦甚是雄伟，高达四十层。杨虹站在大厦前往上看，移动的白云使得 G 公司的大厦向杨虹压下来，杨虹下意识往后躲。

川端次郎已经通过互联网将杨虹的照片传送给日本总部，已周密部署应对杨虹措施的 G 公司保安认出了杨虹。保安从腰带上取下对讲机，直接向渡边报告杨虹已到。

渡边在办公室通过摄像系统观察杨虹。

杨虹走进大厦，保安上前礼貌地问：“请问小姐，我能为您效劳吗？”

杨虹用生硬的日语说：“我是中国一家报社的记者，我专程来日本采访贵公司生物分公司的祝置城先生。”

保安热情地说："请小姐跟我来。"

杨虹在心里赞叹日本保安的彬彬有礼，准备以这个题材写一篇小文。

保安将杨虹带进大厅右侧的一间屋子，房间里有一位美貌的小姐。杨虹注意到房间外边的牌子上写着"公关部"。

"您好，我是G公司公关部业务经理山口信黛，我愿为您服务。"小姐向杨虹鞠躬。

杨虹再次感受到日本企业文化的魅力，一边还鞠躬一边递上自己的日文名片："请信黛经理多多关照。"

早已知道杨虹身份的山口信黛假模假式地看完杨虹的名片，笑容可掬地问杨虹："我能为杨小姐提供什么服务？"

"我和贵公司生物分公司的祝置城先生是老朋友，我来日本是为了采访他，请您为我安排。"杨虹说。

山口信黛说："祝先生到日本后立即投入了紧张的工作，已经取得了初步的成就。由于目前日本企业之间的竞争非常厉害，所以，祝先生主持的研究课题是绝密的。我们不希望媒体报道，包括国外的媒体。希望您能谅解。我这里有一张祝先生工作和生活的光盘，可以请您看看，但不可以拍照和摄像。"

山口信黛拿出准备好的光盘，插进电脑，屏幕上出现了祝置城在实验室里如火如荼的工作场面，还有祝置城和家人打高尔夫球的画面。这是渡边指使手下用电脑高科技移花接木专为蒙蔽杨虹制作的。

看到电脑屏幕上的祝置城全家，杨虹感到亲切。

"祝先生忙，我不打扰他了，我可以采访他的家人吧？"杨虹退而求之。

"很遗憾，也不行，这是为了保守商业机密。等祝先生的课题成功后，我们会召开记者招待会，届时我保证第一个邀请您参加。”

“祝先生研究什么课题？”杨虹问。

“很抱歉，无可奉告。”信黛微笑的魅力足以令杨虹做变性手术。

“我可以和祝先生通个电话吗？”杨虹还不死心。

山口信黛说：“希望杨小姐能为祝先生创造全身心投入工作的环境，谢谢。”

杨虹只能失望地告辞。

“杨小姐能告诉我您下榻的饭店吗？万一敝公司同意您采访祝先生了，我好同您联系。”山口信黛周到地说。

“太谢谢您了。”杨虹毫不设防地将自己下榻的饭店名称和房间号码写在纸上留给山口信黛。

杨虹回到饭店后，打开笔记本电脑，写她到日本后的第一篇文章，题目是《从日本企业的保安素质看“日本制造”畅销全球的必然性》。杨虹写作有个特点，凡是写出精彩的文字时，就会脸红脖子粗，全身的血液几乎都集中到头部供大脑驱使。

杨虹写完《从日本企业的保安素质看“日本制造”畅销全球的必然性》后，修改润色了一下。杨虹将文章发给报社。杨虹估计，最迟从明天开始，报纸将连载她从日本发回的系列报道和游记。

杨虹洗了个澡，穿着浴衣用最舒服的姿势靠在床上看电视。频道很多，杨虹选择了一个谈话直播节目，几个男人准备聊最近发生在美国的校园枪击案。

主持人在介绍一个二十多岁的小伙子时说：“这位是大家都熟悉的三木先生，他是日本最大报社里最年轻的资深记者。他还是赫赫有名的 G 公司董事长的公子。”

杨虹腾地坐起来，全神贯注地看电视屏幕上的三木。杨虹不会由于山口信黛的阻拦就轻易放弃采访祝置城，杨虹当记者的座右铭是：好记者的标志是能采访到不可能采访到的新闻。

杨虹看着屏幕上的三木笑了，她计划通过这位异国同行迂回了解祝置城的信息。既然三木是三岛武夫的儿子，他就不可能不知道祝置城：父亲的G公司如此重视的项目外加三木的职业嗅觉。

杨虹打开笔记本电脑，上网查询日本最大的报社，很快就查到了三木的相关资讯，从出生年月到最高学历，还有当记者的业绩和联络方法。杨虹将三木的手机号码记在饭店的专用便笺上。杨虹想了想，对于三木是否会见她心里没底。杨虹灵机一动：去电视台门口等他。杨虹在电脑上很快查到了那家电视台的地址。杨虹迅速脱下浴衣，从最贴身的内衣开始一件一件地快速穿衣服，然后化妆。这期间，她一直注意着电视上的谈话节目的进度。杨虹出门时，估计这个节目还有二十分钟结束。

杨虹离开房间。饭店的门童给她开出租车门。杨虹告诉出租车司机她去某某电视台。

第三十二章　三木找到U盘

三木参加完电视直播节目，准备离开电视台，当他走到自己的汽车旁边准备开车门时，一位小姐用蹩脚的日语对他说：“三木先生您好，我是从中国来的杨虹，也是记者。”

杨虹递上自己的名片。

三木有几分惊奇地看杨虹的名片，他看完名片再看杨虹，他对面前这位中国姑娘有好感。

“我能和您聊聊吗？”杨虹问。

“我马上有个约会，是一项比较重要的采访。很抱歉，我没时间。”三木打开车门遗憾地说。

“您喜欢按部就班地生活和工作？您不喜欢经历意外？”杨虹站在车头前，说。

杨虹的话显然起了作用，三木看了看表，说：“你知道我现在要去采访谁吗？日本大藏相！好，我今天潇洒一回，去他的大藏相。咱们去哪儿聊？”

“我饿了，您能请我吃饭吗？咱们边吃边聊。您日后去中国时，我请您吃烤鸭。”杨虹说。

“上车吧。”三木点头。

“谢谢您。”杨虹坐在三木旁边，系上安全带。

“吃日本料理？”三木用和杨虹是老朋友的口气问她。

“可以。”杨虹也不示弱，回以二十年前就认识的更熟悉的口吻。

三木娴熟地驾驶汽车上路，很快，汽车停在一家富丽堂皇的餐厅门前。杨虹和三木在服务小姐的关照下进入一个雅致的单间，面对面席地而坐。

“杨小姐喜欢日本料理吗？”三木问。

“头一次吃，还请三木先生帮我点菜。”杨虹说。

三木点菜后，他问杨虹：“杨小姐不是为了吃免费日本料理来找我吧？”

杨虹说：“您觉得一个素不相识的中国女记者找您，这件事很刺激，但您在路上并不问我，您是在检测自己的判断力，您做了很多种假设，对吗？”

三木点头。

“您一定知道您父亲新成立的生物公司。”杨虹说，“我是为采访生物公司而来日本的。”

“什么公司？”三木问。

“我服了G公司的保密工作了，连您都滴水不漏。”杨虹感慨。

三木脸上没有丝毫调侃的神色，他说：“您是说，我父亲新成立了一家生物公司？今天是愚人节？我父亲什么公司都能成立，唯独不会成立生物公司。不怕杨小姐笑话，当年我母亲是被一位生物学家从我父亲手中夺走的，我父亲由此对生物学家甚至生物学恨之入骨，他绝对不会投资成立生物公司。”

杨虹略歪头看三木，问：“您不是在开玩笑？”

“这应该是我问你的话。”三木说。

杨虹再问：“您没听您父亲说过一个叫祝置城的中国生物学家？”

“祝什么？”

“祝置城。”

“绝对没有。”

“祝置城全家都被G公司接到日本来了，您一点儿不知道？”

“现在我是头一次听说。”

“G公司的业务您一点儿不过问？”

“我不过问，但大事我父亲都告诉我。也许你说的是小事，G公司每天都从全世界搜罗人才。”

“绝对不是小事，G公司为了得到祝置城，至少花了二十亿人民币。”杨虹将经过讲给三木听。

三木茫然：“这么大的事，我不可能不知道。你刚才说，连G公司公关部的山口信黛都知道？”

杨虹点头，说：“山口信黛还给我放了祝置城在日本工作的光盘。”

“他们为什么瞒着我？”三木自言自语，“这根本不可能，我为什么要相信你？”

杨虹首次在不写作的时候将全身的血液提升到头部来，她面红耳赤地思索，有一种不祥的预感，想起那封写着“SOS”的电子邮件。

杨虹对三木说：“祝置城先生在来日本之前，能送给我一辆汽车，可见我和他的关系很不错。他来日本后，竟然连电话都不给我打一个。不给我打也罢，他怎么可能也不和旷达公司的总裁林杰联系？来日本前，我收到一封只有‘SOS’三个字母的发自日本的电子邮件。我来日本后，G公司拒绝我采访祝置城，作为G公司总裁的儿子，您又对此一无所知，其中好像有问题吧？”

三木忽然想起近来父亲确实一反常态地几次和渡边同时外出，

他觉得是有点儿不对劲儿，可作为一家驰名全球的跨国公司董事长的父亲，能干什么呢？

用餐完毕，三木对杨虹说："把号码告诉我。我如果打听到祝先生的消息，会告诉你。"

杨虹将自己的手机号码告诉三木，三木把杨虹的电话号码存储进他的手机。

三木送杨虹到饭店门口。

"谢谢您的日本料理。我等您的信儿。"杨虹下车后对三木说。

三木驾车回家。

三木进家后在经过父亲的书房时，无意听到渡边在打电话，他在听到自己的名字时站住了。

"什么？杨虹和三木见面了？这怎么可能？"渡边说，"干掉杨虹，要快，就在她的房间，不要留痕迹，制造图财害命的现场……"

三木的脑袋轰的一下，他差点儿摔倒。

听到渡边放下电话，三木赶紧扶着墙走进自己的房间。三木藏在门后听楼道的动静，渡边出去了。三木在窗帘后边往窗外看，渡边驾车走了。

三木掏出手机给杨虹打电话。

"杨小姐，我是三木。你在哪儿？"

"三木先生？您好！我在饭店。"

"快离开那儿！他们要去杀你！快！"

"谁杀我？您怎么知道？"

"来不及说了，你的怀疑很对，有问题！快走！"

"我去哪儿？"

"到人多的地方，最好周围十米内有警察。你等我的电话。肯定有人跟踪你。你要当心。"

“我的行李也拿走？”

“都什么时候了，还管行李！”

“你说什么？我警告你不要……”

“好了，我道歉，快走吧！”三木挂断电话。

三木和渡边自幼情同手足，哥哥一直是三木崇拜的人。如果不是亲耳听到，三木根本不会相信哥哥能下达杀人灭口的指令。

哥哥能杀害中国记者，这使得三木不得不重新分析杨虹刚才告诉他的关于祝置城的事。难道父亲真的在策划见不得人的事？能有什么事？

三木突然想起父亲反复叮嘱他的家庭机密。自从父亲的一个老朋友突发性心肌梗死一命呜呼而家人竟然找不到他的财产藏在何处后，父亲就防患于未然将最高家庭机密全部存进一个U盘。父亲将那个U盘藏在书房的一排书后边。足智多谋的父亲从不将重要的东西放到保险柜里，他常说保险柜因为是保险柜而最不保险，就像日本国内那些把人民挂在嘴上的政党最不把人民当人是一个道理。

三木到门口问一位男佣父亲去哪儿了什么时候回来。在得知父亲不会马上回来后，三木进入书房，很快从南边最高的那排书后边找到了U盘。

三木快速回到自己的房间，打开电脑，将U盘插进电脑。文件菜单很多，三木一个一个打开查看，有银行账号，有公司核心人员档案，有竞争对手公司的商业秘密。时间在流逝，三木不停地看电脑屏幕右下角的时钟。

终于，三木在一个名为SB的文件夹里找到了他要找的东西，那内容令三木触目惊心呆若木鸡。

别墅外传来汽车声，三木跑到窗前往外看，是父亲回来了。

三木只得将U盘里的所有文件暂时存进自己的电脑硬盘中，看着屏幕下部那一行逐渐增多的蓝色存盘进度方块，听着窗外男佣和父亲的交谈，三木一边骂比尔·盖茨速度忒慢一边祈祷时间停滞不前。

当三木将U盘放回书房时，父亲出现在书房门口。

“爸爸，您回来了？”三木不知道手脚该往哪儿放。

“你怎么了？”三岛武夫发觉儿子异常。

“报社让我写一篇社论……我找不到资料……”三木给自己的不自然编造理由。

“哪方面的？我帮你找。”三岛武夫说。

“八国首脑会议……”三木信口开河，“不用您找了，我去网上查。”

“我从来不留这种书，那都是扯淡。”三岛武夫说，“你们报社怎么会刊登这种社论？有人看吗？”

“树林子大，什么鸟都有。”三木赶紧离开书房。

三岛武夫看着小儿子的背影摇摇头。

三木回到自己的房间，锁上门，抓紧时间看SB行动的内容。他出了一身汗：生化机器人……偷渡客……祝置城……肖慧勤……桥本死了……

三木将生物公司的地址牢记后，删除了电脑硬盘里刚才他从U盘中拷贝的所有文件。

三木关闭电脑，瘫在床上。

庆幸的是，三木的脑细胞在关键时刻没瘫，它们反而变本加厉地运转。

三木清楚父亲和哥哥干的这件事是死罪，他爱父亲和哥哥。但三木也爱人类。像杨虹那样可爱的中国姑娘，哥哥怎么能说杀就杀呢？

三木认为自己有责任拯救父亲和哥哥，更有责任拯救人类。三木从父亲的U盘中已看到SB计划的核心是利用祝置城的“才能”将活生生的人变成生化机器人，三木还获悉哥哥已经买到手五千名偷渡客，这和中世纪买卖奴隶有什么区别？难道人类社会的发展曲线真的是O型脉络？

不管是谁，只要他违背正义，就要制止他。使命感战胜了亲情，三木决定行动。

毕竟是亲人，三木不想通过报警的方式使父亲成为臭名昭著的反面人物，他认为应该先查实，再以救出祝置城的方式终止生化机器人实验。祝置城走了，父亲的SB计划只能半途而废，五千名偷渡客也就保住了。

三木清楚只靠自己是无法完成调查的，他需要一个和他关系铁的不会对媒体乱说的警察协助。

三木想起了在警视厅当警探的小学同学花部一郎。

第三十三章　教唆奶妈下药

三木给花部一郎打电话。

“花部一郎吗？我是三木，有急事找你。”三木说。

“大记者，我刚在电视上看你神侃美国学校枪击案，你可真能说。你找我该不是和枪击有关的急事吧？”花部一郎从小爱开玩笑。

“我马上要见你，不管你有没有时间，都要见！现在你去和都餐厅等我，我马上就去。”三木说。

“怎么弄得跟拍好莱坞电影似的？好，我这就去。”

三木再给杨虹打电话。

杨虹刚才在饭店房间接到三木的警告电话后，迅速离开饭店，乘坐出租车来到繁华的商业区，按三木的吩咐在人最多的地方下车。杨虹看到一名巡警，始终和那巡警保持近距离，以至于巡警多次问杨虹是否需要帮助。

杨虹不停地看表，不清楚自己要这样避难多长时间。谁来杀我？为什么要杀我？和祝置城有关系？杨虹理不出头绪。保险起见，杨虹认为有必要给林杰打个电话，万一自己被杀，也给两国警方留下线索。

杨虹掏出手机给林杰打越洋电话。

“你好，旷达集团。”秘书小姐美好的声音。

“我是杨虹，我在日本，快给我接林杰。”杨虹一边看四周一边说。

“杨小姐，见到祝总了？”林杰问。

“你的电话机上有录音装置吗？如果有，请录音。”杨虹说，“G公司让祝总来日本可能有问题。你听好，有人要杀我，这是三岛武夫的小儿子三木打电话告诉我的。如果我死了，肯定和G公司有关系。”

“我现在报警？通过咱们的大使馆救助你？”

“目前还不需要，需要时我会再给你打电话。你听信儿吧。”

“你是说，祝总全家去日本是中了圈套？这怎么可能？！”林杰声音发抖。

“从目前的迹象看，凶多吉少。保存好这个通话录音，万一我死了，这是缉拿凶手的证据。”杨虹说。

“你要当心。”

“谢谢。”杨虹挂断电话。

一辆出租车停在杨虹身边，戴墨镜的三木在后座上叫杨虹快上车。

“干吗不自己开车？”杨虹上车后小声问身边的三木。

“怕盯梢你的人认出我。”三木说。

“你们日本整天都是这种事？”杨虹问。

“我活了这么大，还是头一次遇到，特不适应。你们那儿多吧？”

“没遇到过。”杨虹 边说 边往后看。

三木和杨虹到和都餐厅时，花部一郎已经在那里了。

见三木带了一位小姐来，花部一郎挺吃惊。

三木看到四周的餐桌都是空的，才介绍双方：“这位是中国记者杨虹小姐。这位是警视厅的警探花部一郎，我的同学。”

“你要从事跨国婚姻？”花部一郎小声问三木。

“没时间开玩笑了，先听我说正事吧。”三木说。

“世界上所有正事都是玩笑。”花部一郎纠正三木。

三木将他从父亲的 U 盘里看到的 SB 计划告诉杨虹和花部一郎。

杨虹回想起祝置城的生化机器人研究和祝涛因到家政公司找肖慧勤被拘留的事，以及后来川端次郎不惜一切代价聘请祝置城加盟日本 G 公司，她恍然大悟。

“这是真事？”花部一郎不信。

杨虹证实。

“刚才我哥下令杀她。”三木对花部一郎说。

“你想怎么办？为什么找我？”花部一郎问三木。

“制止 SB 计划，救出祝置城先生全家。刚才我已经说了，我从 U 盘中看到，祝先生到日本后不配合 SB 计划，已有一次突围行动，导致桥本死亡，但最终失败了，现在祝置城只能违心参与 SB 计划。他的家人危在旦夕。”三木对花部一郎说，“至于我为什么找你而不是报警，我不想在事情还没有眉目时就闹得满城风雨，这很可能导致我父亲杀人灭口，祝先生全家生还的可能性就几乎没有了。再说，如果可能，我也想尽量给父亲和兄长留点儿面子。只有你能帮我。”

花部一郎点点头，说：“三木，你是真正的孝子。”

杨虹早已是泪水涟涟，觉得三木是顶天立地的男子汉。

花部一郎思索，三木和杨虹知道他是在制订行动计划，他俩不说话。

“这样，”花部一郎压低声音，“咱们要先去生物公司看看是否属实。如果是，就先救出祝先生全家，然后依法逮捕令尊和渡边。由于 SB 计划未造成事实，我估计依据法律，顶多判令尊二十年刑。这等于救了令尊一命，因为一旦将偷渡客变成生化机器人，肯定是死罪。”

三木沉重地点头。

“现在的难题是，按你提供的地址去了生化公司，我估计那里戒备森严，咱们可能是去送死。”花部一郎说，“三木君，我问个问题，G公司是家族公司，公司有没有这样的规定：一旦你父亲和哥哥同时遇难，由你出面执掌公司大权？”

“G公司确实是这么规定的。”三木忽然警觉地问花部一郎，“你想干什么？你绝对不能伤害我父亲和哥哥！”

“我会吗？我上小学时，令尊还送过我一副棒球手套呢，我不是恩将仇报的人。”花部一郎说，“我们警视厅有一种药，服用后能使人昏睡数小时。你设法给你父兄服用，待他们昏睡后，咱们利用这段时间去调查SB计划并救出祝先生。”

“你的药有副作用吗？”三木问。

“绝对没有。”

“就这么办。”三木同意了花部一郎的方案。

“下药有难度吗？”花部一郎问。

“我得说服阿实帮忙。阿实是我的奶妈，现在我家入口的东西都由她把关，是忠心耿耿的女佣。”三木说。

“忠心耿耿的女佣会给主人下药？”杨虹怀疑。

“阿实是深明大义的人，我有把握。”三木说。

“杨小姐，你去我家住，很安全。完事后，我们送你和祝先生全家一起回国。”花部一郎对杨虹说。

“我和你们一起去救祝置城。我认识他和他的所有家人，这是我的优势。”杨虹说。

“很危险，你不能去。”三木说。

“我肯定要去，你们不要再说了。”杨虹说。

花部一郎说：“现在我明白为什么当年日本败在中国手下了。”

“不要拿那事调侃。”杨虹正色道。

花部一郎忙道歉。他和三木都喜欢腰杆直的中国人。

三木和杨虹乘坐花部一郎的车去拿药，之后三木回家伺机下药。杨虹和花部一郎在花部家待命。杨虹闲着没事帮助花部一郎擦枪。

阿实没有任何亲人。1945 年 3 月 9 日夜间，美国驻守太平洋地区的陆军航空队出动三百三十四架 B-29 轰炸机向日本东京投掷了两千吨 M-47 凝固汽油弹，炸毁了东京二十六万七千一百七十一栋房屋，十万人被炸死。此次轰炸加速了日本的投降。阿实的亲人全部死于那次空袭，幸免于难的阿实当时只有三岁。

后来，阿实的丈夫和刚出生的儿子死于车祸。阿实到三岛武夫家给三木当奶妈。当时三木的妈妈抛弃了三木和丈夫，跟一位生物学家去美国了。

阿实和三木以及三岛武夫全家的感情很深，她已然是这个家庭的一员。

当三木将给三岛武夫和渡边下药的事和阿实说了后，阿实全身战栗。

“这是为了救我父亲。”三木再次强调。他已经将原因告诉阿实。

“我要先试药。”阿实说。

“怎么试？”三木不明白。

“你说这药对身体没有危害，我信你。但我要拿自己试试，如果没事，再给他们下药。”阿实说。

“来不及了，您一睡就是几个小时，等您醒了，生化机器人就该成功了！”

“我一定要试，否则不下药。”阿实不容置疑。

“那您快试，少喝点儿。”三木只能同意。

三木打电话让花部一郎耐心等待，花部一郎问为什么，他还说让他和杨虹单独相处这么长时间容易出电影里那种事。三木说阿实坚持试药，花部一郎感叹将来自己发达了找女佣就要找阿实这样的。

阿实服药后昏睡了五个小时，她醒来后第一件事就是数数，从一一直数到十万才往三岛武夫和渡边的茶杯里下药。

三岛武夫和渡边喝了阿实端上来的水。他们没有注意阿实的手在颤抖。

三木们只有五个小时。

第三十四章　强行起飞

花部一郎驾驶警车载着三木和杨虹风驰电掣地向生物公司开，六百公里的路程至少要开四个小时。

“再快点儿！”三木催花部一郎。

“再快咱们该先成生化机器人了。”花部一郎说。

三木和花部一郎轮流驾车，杨虹在后座上心潮澎湃地看沿途的日本风光。

“令尊选了很偏僻的地方。”花部一郎对三木说。

“快到了。”三木看表，他们已经走了四小时二十分钟。

杨虹坐直身体，通过三木和花部一郎的双肩往前看。

“就是那片建筑。”花部一郎减速。

“还有机场，我家的飞机。”三木举起望远镜看。

“你有飞行执照吧？我在报上看到的。以后我也要考飞行执照。电影上的美国警探都会开飞机。”花部一郎说。

“我觉得咱们不能开警车进去，说不通。”三木说。

“没错。”花部一郎将警车停在路边。

“没时间了。”杨虹提醒他们。

花部一郎下车拦了一辆面包车，车主问花部一郎什么事。花部一郎掏出警察证件说执行紧急警务借你的车用用，那人不干。花部一郎看看表，突然一拳击倒那人，再将那人从车里拖出来，塞进警车。

“打死了？”杨虹吃惊。

“怎么会？我是受过专门训练的，他只昏迷绝不会死亡。一会儿他就醒了，也算给他上一课，再遇到这样的事要给警察提供帮助。”花部一郎钻进人家的汽车后招呼同伴快换车。

花部一郎驾驶汽车接近生物公司，阴森的气息扑面而来。

“怎么跟监狱似的。”杨虹看着高大的围墙说。

三木看表，说：“还有二十五分钟我爸就该醒了，咱们要抓紧时间。”

花部一郎将汽车停在门口，铁门关着。三木下车走到门前，一个保安在门里问三木什么事。

“你认识我吗？”三木问他。

保安说不认识。

“我是三岛武夫总裁的小儿子三木，你把门打开！”三木严厉地说。

保安给三木敬礼后说：“我给村山打电话，他是这儿的最高负责人。”

保安到岗亭里打电话，接到电话的村山通过摄像监视器看到门口真是三岛武夫的次子三木，感到奇怪，因为他没有接到三岛武夫的通知说其次子要来，而且他知道三木从不过问G公司的事。村山马上给三岛武夫打电话，没人接。他又给渡边打电话，还是没人接。

村山赶到门口。

“你认识我吗？你怎么敢把我挡在门外？！”三木训斥村山。

“对不起……这是总裁立的规矩……”村山惶恐。

“你不知道总裁和渡边出车祸了？”三木假装惊讶。

“总裁和渡边出车祸了？”村山这才明白为什么总裁和渡边的手机没人接听。

“你知道G公司关于总裁和渡边同时遭遇意外时由谁掌权的规定吗？”三木气势汹汹地质问村山。

“由您。”村山说。

“生物公司有麻烦，祝置城一家必须马上转移，我来接他们，你快开门！”三木说。

“这……不瞒您说……实验马上就要成功了……”村山犹豫。

“你他妈不想干了？快开门！！”三木发火。

“他们是？”村山看车里的花部一郎和杨虹。

“我的嫡系！”三木咆哮。

村山只能开门。

“给你五分钟时间，把祝置城全家带到这儿来！”三木命令村山。三木觉得车停在门口方便逃跑。

村山问：“肖慧勤是被关在笼子里的，连同笼子搬来？”

三木觉得搬笼子会耽误时间，可万一肖慧勤离开笼子闹起来，岂不误事？

“我跟他去。”杨虹从车里出来。

“她能制服肖慧勤。”三木对村山说，“可以不用搬笼子。”

杨虹跟着村山进入地下室，被关在笼子里的肖慧勤见到杨虹很惊讶。杨虹不知道身边有没有懂汉语的人，只能冒险了。

杨虹用汉语对肖慧勤说：“我来救你，你不要闹。”

肖慧勤迷茫地看着杨虹，似是而非地点头。

“打开笼子吧！”杨虹对村山说。

村山命令看守打开笼门。

肖慧勤出来抬手就给了看守一巴掌，那看守半个脸没了。

“冷静点儿，别误了大事！”杨虹拍拍肖慧勤。

村山不敢靠近肖慧勤。

当在实验室忙碌的祝置城看见杨虹和肖慧勤时，看见了曙光。祝置城比肖慧勤老练多了，不露声色地跟着村山离开实验室，就像他从没见过杨虹。

祝涛和邓加翔依次被从地下室里放出来，祝涛见杨虹后小声说了一句SOS，杨虹心领神会地微笑。

亲人相见，抱头痛哭。杨虹提醒祝家先逃命要紧。众多持枪保安押送祝置城全家到门口。

花部一郎打开车门，杨虹催促祝置城全家快上车。花部一郎发动汽车。

“你看好那些偷渡客。”三木向村山交代。

“明白。”村山鞠躬。

“村山经理，您的电话。”一个穿白大褂的人从楼里拿着无绳电话出来。

三木急忙看表，已经五小时零一分了。

“快走！”三木上车对花部一郎说，“估计是我爸来电话了！”

花部一郎驾车离开生物公司。

“什么？我上当了！”村山接到渡边的电话，他冲手下喊：“快追！”

三木回头看见持枪的保安们陆续上车，对花部一郎说：“咱们这车跑不过他们，咱们只能坐飞机走。”

二木指指位丁前方的机场。

“如果咱们就这么去机场，恐怕还没等上飞机，他们就追上来了。”花部一郎说。

情况万分紧急。

“你们下车躲在路边的房子后边，我开车往右拐，引走他们，你们就能赢得时间坐飞机走了。”杨虹说。

“那你呢？”三木问。

“我是外国人，他们能把我怎么着？”杨虹说。

“这是日本，不是中国。在日本，外国人最不值钱。”三木提醒杨虹。

“就这样吧，来不及了，他们已经出来了！”杨虹说。

当肖慧勤弄清杨虹的意图后，说她去。

“你会开车？”杨虹问肖慧勤。

肖慧勤无奈。

“只有这样了，杨小姐的办法很厉害。”花部一郎说，“从哪儿学的？”

“王二小放牛。”杨虹说。

三木和花部一郎听不懂。

汽车停在机场的一座房子边，大家下车，杨虹坐到驾驶员的位置上。

“我马上通知警方，会有警察救助你。”从来不哭的铁血警探花部一郎眼含泪水对杨虹说。

祝置城冲杨虹喊：“当心。”

杨虹说：“祝总，这回您必须付我交通费。”

杨虹冲大家摆摆手，驾车朝右拐去。

花部一郎指挥大家躲在房子后边。

村山率领六辆满载持枪保安的汽车从房子旁边经过，他们中了杨虹的计，拼命追赶杨虹的汽车。

杨虹将油门踩到底，里程表显示一百五十公里的时速。从反光镜里，杨虹看到身后的追车越来越近。

杨虹清楚她开得越远，祝置城他们逃生的希望就越大。她已将全身的重量压在油门上。

最前边一辆追车和杨虹平行了，他们朝天开枪示意杨虹停车。杨虹不理。

两辆汽车超越杨虹，停在她前边挡住了路。杨虹只得停车。

“车上就她一人！”一名保安向村山汇报。

“怎么可能？！”村山傻了，他下车看。

数名保安举枪对着杨虹。

杨虹掏出护照，说：“我是中国记者，是外宾，你们不能伤害我！”

村山问杨虹：“他们去哪儿了？”

杨虹说：“我的日语不行，我听不懂。”

村山立即给渡边打电话，渡边歇斯底里喊道：“他们肯定去了机场，三木会开飞机！你这个笨蛋！”

村山问：“这个中国记者怎么办？”

“干掉！”渡边怒不可遏。

村山冲手下点头，数十支枪同时向杨虹开火。杨虹说的最后一句话是：“我知道日本为什么强大了，他们不拿外宾当回事……”

杨虹的血流了一地，其中的日本血统迅速渗入土地，而中国血统则拒绝与日本土地融合，宁愿被阳光晒死。

村山给机场打电话。

三木率先接近飞机，他曾多次驾驶过这架飞机。三木将飞机的轮挡拿开，打开机舱门，放下折叠梯子。

“快上飞机！”三木催促大家。

祝置城正要上飞机时，邓加翔回头看见一个保安举枪瞄准这边，大喊：“置城，当心！”

邓加翔用身体挡在祝置城后边。

枪响了，邓加翔中弹。

花部一郎掏枪击毙那保安。

肖慧勤将邓加翔抱上飞机，祝置城痛不欲生。

三木启动发动机，飞机滑出停机坪，向跑道驶去。

“你看！”坐在三木身边的花部一郎指着跑道上说。

几辆汽车停在跑道中央，阻止飞机起飞。

三木将油门推到极限，驾驶杆拉到极限，他要强行起飞。

飞机呼啸着向汽车驶去，花部一郎闭上眼睛。

就在飞机撞上汽车的瞬间，机头仰起来了，起落架被汽车撞得粉碎，机身擦着汽车跃上天空，踉跄了几次后，勉强克服了地球引力。

枪声大作，机身被打穿很多洞。

“你的最佳才能是开飞机。”花部一郎赞扬三木。

三木像刚出浴，从头到脚都是水——冷汗。

花部一郎拿出手机打电话：“警长吗？情况属实，请立即行动：一、逮捕三岛武夫和渡边；二、解救偷渡客；三、救援在247号公路上的杨虹小姐，她开面包车，车号是……”

“你事先泄密了？”等花部一郎打完电话，三木问他。

“这么大的事，我怎么可能不向上边汇报？请放心，警长是我的死党，嘴特严。”花部一郎说。

飞机下边，数百辆警车浩浩荡荡地朝生物公司开去。闪烁的警灯构成一条刀光剑影的洪流。

第三十五章　一举成名

飞机由于没有了起落架，只能在机场的草地上迫降。机场上停满了消防车、救护车和警车。

邓加翔已经咽气。

在机场等候祝置城的，除了日本警视厅、检察院和法院的有关人员外，还有中国驻日本大使馆的外交官。林杰接到杨虹的电话后，认为事关重大，就向有关部门报告了。

在机场的大厅里，祝置城、祝涛和肖慧勤从电视上看到了三岛武夫和渡边被捕的新闻。当祝置城获悉三木是三岛武夫的亲儿子时，他向三木郑重地鞠了三个九十度的躬。

警方、检察官和法官分别找祝置城、祝涛和肖慧勤录了证词。

无数记者围住祝置城向他提各种问题。不管记者提什么问题，祝置城只说一句话：“我要回国。”

十五天后，祝置城、祝涛和肖慧勤捧着邓加翔和杨虹的骨灰盒乘飞机回国，到机场送行的有：三木、花部一郎、中国驻日本大使馆外交官。

G 公司秘密研制将活人变成生化机器人以取代工人的事件震惊了世界，各国科学家和政府纷纷谴责这种丧尽天良的不人道做法。三岛武夫和渡边已被起诉，在等待判决。祝置城成为全球家喻户晓的人物。三木于无奈中出任 G 公司董事长，他上任做的第一件事是在G公司总部大厦门前给杨虹塑了一尊铜像。铜像的底座上写着：王二小放牛。

林杰在机场迎接祝置城。他告诉祝置城，中国警方已经逮捕川端次郎。

祝置城舒了一口气。

“这位是公安部的马警官。”林杰将他身后的一名男子介绍给祝置城。

祝置城伸出双手，对马警官说：“铐上我吧，我是杀人犯，她就是我的罪证。”

祝置城回头看看肖慧勤。

马警官说：“我们已经了解您到日本后没有和三岛武夫合作，因此检察院决定免予追究您的刑事责任。”

“我死有余辜。”祝置城仰天长叹。

“祝总不要这么说，您还能用您的才能为社会做贡献。”林杰安慰祝置城。

“祝先生的生化机器人技术已经成为全球关注的焦点，我们已得到信息，说是有国际恐怖组织和毒枭放话出资一百亿美元买您的生化机器人技术。”马警官对祝置城说，“我们奉命二十四小时保护您和您的家人，请您理解并配合。”

“等于软禁吧？”祝置城不安。

“祝先生理解错了，绝不是软禁，是重点保护。”马警官说，“您有完全的行动自由，去哪儿都可以。”

祝置城、祝涛和肖慧勤乘坐防弹车回家，前边有警车开道，后边有警车殿后。

祝置城捧着邓加翔的骨灰盒回到家中，见到昔日和妻子共同生活的环境，祝置城触景生情，哽咽着说：“加翔，咱们到家了，你没有手不要紧，我帮你换鞋……”

肖慧勤放声大哭，祝涛的上牙将下唇自残出血。

马警官的眼眶也湿润了。

“祝先生，请您节哀。”马警官说，“再过三十分钟，您一家三口要出席一个听证会。”

“是一家四口。”祝置城指着邓加翔的骨灰盒纠正马警官的口误。

“对不起，是一家四口。”马警官更正，“参加听证会的有政府官员和专家，毕竟是震惊世界的大事，政府有责任知道详情。”

祝置城点头。

“你们先休息一会儿，咱们三十分钟后出发。”马警官说，“您的对门邻居已由我们动员安排搬走。负责保护你们的警察二十四小时在您的对门值班。楼下亦有两辆警车二十四小时值勤。如有紧急情况，请用这个报警，按下按钮即可。”

马警官从衣兜里掏出三个报警器，交给祝置城。

“你们休息吧，我三十分钟后来。”马警官告辞，进入祝置城家对面的房子。

祝置城、祝涛和肖慧勤颓然坐在客厅。他们看着熟悉的环境，恍若隔世，相对无言。

“对于中国人来说，最好的爱国主义教育就是让他出国生活一段时间。”祝涛蹦出这么一句。

半小时后，马警官按响了门铃。肖慧勤开门。

“咱们该走了。”马警官说。

听证会的规模令祝置城吃惊，到会的有一位副总理，还有公安部、安全部、军方、航天部等部门的负责人和专家，有六十多人。

“你现在是世界级的大名人，你的能量不小呀，谁说中国人笨？”副总理对祝置城说，“哪个是生化机器人？”

祝置城将身后的肖慧勤推到副总理面前。

“我一点儿也看不出她是机器人，你们看得出来吗？不可思议，不可思议。”副总理一边打量肖慧勤一边摇头。

与会者都说看不出来。

一位专家对副总理说：“刚才我给她做了初步体检，她确实是生化机器人。”

“据说你可以不吃饭不睡觉？”副总理问肖慧勤。

肖慧勤点头，她没见过这样大的场面，虽然过去在电视上常见这位副总理，但头一次见如此高级别的人民公仆本人，难免紧张。

“我听说你一个人在日本干掉了好几个保安？你很厉害呀！”副总理说。

一位穿警服的官员告诉副总理：“她把一个持枪保安镶到墙壁里去了。”

“了不起，了不起。”副总理拉着肖慧勤的手说。

祝置城们落座后，听证会开始。

副总理亲自主持：“祝置城先生给世界惹了一回麻烦，你是中国人，政府必须了解事情的全过程和真相，先请祝先生毫无隐瞒地陈述事情的经过。”

祝置城有点儿紧张，他看看身边的祝涛和肖慧勤，吸了口气，说：“我首先感谢政府对我的宽大。我清楚，我犯的是死罪，我利用科技手段卑鄙地将一个活生生的人变成了机器人，还差点儿成为居心叵测的日本企业家的帮凶，差点儿给人类造成灾难……”

祝置城从王元美解除他职务讲起，一直讲到杨虹到日本和三木一起将他们全家救出来。

“这位女记者是英雄，她已经牺牲了，你们可以好好宣传她，给全国的记者树个榜样。”副总理对参会的新闻部门的领导说。

专家们开始向祝置城和肖慧勤提问。

“祝先生能研制出生化机器人吗？”一位专家问祝置城，“我的意思是说，不是将活人变成机器人，而是凭空制造出来。”

“不能。”祝置城肯定地说。

很多人向肖慧勤询问她的“绝活儿”。

提问告一段落后，副总理对与会者说：“谈谈你们的想法。”

一位专家说：“我认为，咱们国家应该利用祝置城的优势，在特殊领域使用生化机器人，譬如特种部队，譬如情报领域……”

该专家的话立刻在会场引起轩然大波，反对派和赞成派针锋相对唇枪舌剑。

“这是不人道的，咱们绝不能这么做！”一位部长激动。

“为什么不能？我是航天专家，三个月后，咱们的飞船就要登月，我们很想在月球上建立一座永久工作站，就像咱们在南极建立的长城站那样。遗憾的是月球上没有氧气和水，不具备人员生存的基本条件。如果有了生化机器人，咱们中国就能成为第一个在月球上建立工作站的国家！据我所知，美国做梦都想在月球上建站。我认为，国家利益高于一切！”一位航天专家说。

“如果咱们能有生化机器人飞行员，咱们的飞机就等于都是无人驾驶飞机了，作战能力肯定大大提高！”一位军方人士说。

“生化机器人警察对于改善治安状况绝对有益。”公安部的一位官员说。

“我反对！”

“我赞成！”

“……”

“……”

祝置城不知所措地听着看着，他的耳膜接收频率最高的一句话是：“国家利益高于一切。”

争论结束了，双方都看副总理，等待他的裁决。

副总理一字一句地说：“人类利益高于一切。人类利益高于国家利益。咱们绝对不能再让祝置城将任何人变成生化机器人，半个都不行。”

肖慧勤流着眼泪对副总理说：“谢谢您。成为生化机器人后，就丧失了做人的所有乐趣。别看我是人样，可我已经不是人了呀！谁愿意让自己的孩子成为机器人？！”

一位主张国家利益高于一切的专家小声说：“现在的学生和机器人有什么两样？怎么喊减负都没用。两亿小生化机器人！”

副总理瞪了那专家一眼，说：“发言要大声，不要发牢骚。我再说一遍，咱们国家绝对不能做让祝置城再将活人弄成生化机器人的事。”

一位航天专家泪流满面地说：“错过了在月球首先建站的机会，就是民族的罪人！你们想想，如果咱们的国旗率先长久飘扬在月球上，是什么劲头？！”

“这个民族罪人就由我来当。”副总理说。

“即使咱们不利用祝置城，国外也不会放过他，已有情报显示，国外一些恐怖组织要不惜一切代价将祝置城弄到手，甚至不排除政府行为。”安全部的人说。

副总理对公安部的负责人说：“你要确保祝置城的安全，我就不信，在咱们的国土上，祝置城能被外国人弄走？”

“祝置城不是已经被三岛武夫弄走了吗？而且是全家一起弄走的！”还有不死心的国家利益高于一切派做最后的努力。

“那是在咱们不清楚内幕的情况下。如今有这么多警察保护他，应该说是万无一失。”有人反驳。

一位力主使用生化机器人的专家对副总理说：“我们要向上反映。”

副总理说：“这是你们的权利。不过我觉得你们获准的希望不大。如果你们真的获准了，我肯定辞职。”

“我会努力的。”专家说。

散会后，祝置城和副总理紧紧握手。

第三十六章　月球上的婚礼

回家后，祝置城心里不踏实，他担心“上诉”的与会者获准。祝置城已下定决心不再将任何人变成生化机器人，但他担心命令来自国家，害怕自己陷入忠孝不能两全的尴尬窘境。

“不会的，高层不会同意。”祝涛安慰爸爸。

“我也觉得不会，”肖慧勤说，“我给你们做饭。”

没有邓加翔的饭没法吃，祝置城和祝涛一边吃一边掉泪，米饭成了稀粥。

饭后，祝涛对肖慧勤说：“你跟我下楼去报刊亭买些报刊，我已经很多天没看报刊了。”

祝置城说：“应该通知马警官吧？”

“估计我一开门他们就出来了。”祝涛说。

果然，祝涛和肖慧勤刚打开门，对门就开了。一位警察问祝涛是否出门，祝涛说就去楼下买报纸。两名便衣警察跟着祝涛和肖慧勤下楼。

买完报纸后，祝涛和肖慧勤回家。便衣警察在不远的地方跟着。

当祝涛和肖慧勤走到单元门口时，停在门前的一辆汽车的门突然打开了，从车里跳出三个彪形大汉，他们扑向肖慧勤。

肖慧勤没有任何准备，她的双臂被抓住了，她奋力挣扎。几个大汉显然是经过挑选的，都是臂力过人的角色。

两名便衣警察掏枪射击，附近警车上的警察也下车开枪。楼上的警察亦从窗口向下射击。三个大汉的身体被打成了马蜂窝，肖慧勤和祝涛毛发未损。保护祝置城全家的警察都是万里挑一的神枪手。

听到枪声，祝置城从窗口往下看，他脸色煞白。

回到家里，祝涛和肖慧勤惊魂未定。马警官来安慰祝家不要害怕，说他们正在查实歹徒的身份。

“他们敢到家门口来抢人。”祝置城沉思。

马警官走后，祝涛和祝置城异口同声说：“我要和你说一个决定。”

一个字都不差。肖慧勤笑。

“您先说。”祝涛孝敬爸爸。

“我不能再留在这个世界上了。”祝置城说。

祝涛和肖慧勤吓了一跳。

“为什么？”肖慧勤问。

祝置城说：“原来我还抱有一线希望，认为咱们回来就安全了。刚才发生的事，使我意识到，在这个星球上，我已无处藏身，太多人需要将人变成生化机器人的技术了，我只有死，才能还人类一个平安。否则，迟早会有更多的人遭遇慧勤的不幸。”

“没别的办法？”祝涛说。

祝置城摇头。

“每个人从出生起，就是一颗进入倒计时的定时炸弹，死亡即爆炸。问题是，你不知道自己何时爆炸，有时是自爆，如疾病，如生命衰竭。有时是外力引爆，如自然灾害，如事故凶杀。唯一能使你准确掌握爆炸时间的是自杀。”祝置城说，显然，这事他已深思熟虑。

祝涛和肖慧勤不说话了，等于默许。

“谢谢你们的理解。”祝置城对孩子们说，“小涛，你有什么决定？”

“请您将我变成生化机器人。”祝涛平静地说。

“你说什么？！”祝置城和肖慧勤一起说。

祝涛说：“我如果想今生今世永远和慧勤在一起，只有一个办法，就是也成为生化机器人，否则我们总是有隔膜。”

“不行！”祝置城和肖慧勤再次不约而同地说。

“我怎么能亲手杀害自己的儿子？”祝置城激动。

“爸爸，您听我说，我对生活已经失去兴趣，当我目睹三岛武夫的人砍断妈妈的手时，我真的很灰心……”祝涛用从未使用过的眼神看爸爸。

“小涛，你应该多想想三木和杨虹，生活中像他们这样的人才是多数。你还年轻。”祝置城开导儿子。

祝涛说：“老爸，您给社会惹了这么大的麻烦，您不想以某种方式谢罪吗？自杀不是谢罪是逃避。”

“你说我怎么谢罪？”

“把我弄成生化机器人。”

“这是加重罪行，怎么能说是谢罪？”

“我成为生化机器人后，和慧勤向国家申请，我们一同去月球上为中国建工作站，我想好了，就叫‘龙站’。您觉得我的构思如何？不算您为国家和人类戴罪立功？”祝涛说。

祝置城的眼泪呈喷射状夺眶而出。肖慧勤紧紧抱住祝涛，泣不成声。

“你是我的骄傲……”祝置城对祝涛说。

“他是国家的骄傲。”肖慧勤补充。

“就这么定了！”祝涛伸出手。

三个人的六只手握在一起，构成一座宝塔。

从次日开始，祝置城全身心投入组装生化磁场发射仪的工作，祝涛和肖慧勤为他打掩护，不让马警官和他的下属发现。自从上次绑架肖慧勤事件发生后，楼下的警车由两辆增加到八辆。

一个星期后，祝置城完成了生化磁场发射仪的组装工作。

这天晚上，祝涛首次接受磁场照射。祝置城颤抖着手按下开关。肖慧勤在一边发愣。

“你们别跟送我临刑似的，慧勤，去放点儿音乐。”祝涛笑眯眯地说。

五十天后，祝涛成为和肖慧勤一样的生化机器人。几乎和祝家形影不离的马警官愣是没发现。

这天清晨，祝置城起床后先将生化磁场发射仪销毁，对祝涛和肖慧勤说：“该你们送我去找你妈妈了。”

“什么时候？”祝涛问爸爸。

“今天。”祝置城说，“咱家有安眠药，我已经准备好了。”

“您还有要办的事吗？”祝涛哽咽着说。

“我上午要去看一个人。下午洗澡更衣。傍晚服药上路。”祝置城说。

“看谁？”祝涛问。

“王元美。”祝置城说。

“王元美已经是植物人了。”祝涛提醒爸爸。

“我走前要去看他。”祝置城表情复杂。

上午，在马警官和五名警察的陪同下，祝置城到医院和王元美告别。

祝置城走到已是植物人的王元美床边，看着不省人事的昔日的伙伴和敌人，祝置城百感交集，他对马警官说他想和这位朋友单独待会儿。马警官在检查了整个房间包括床下后，出去了。病房里只剩下祝置城和王元美。

祝置城坐在床沿，握着王元美的手说："老王，我真后悔当年拉你一起辞职创办旷达，假如我没动那念头，现在你还是王副科长，我还是祝研究员，每月按时领取微薄的工资，有多幸福。如今咱俩是家破人亡，生不如死，死不能生。你说，由于没本事过不上好日子的人多还是由于有本事过不上好日子的人多？我说因为有本事过不上好日子的人多。这个星球呀，是上帝为没本事的人捏的一个泥蛋，没本事的人懒躺在上面挺自在，有本事的人老想跑肯定越陷越深，最终遭受灭顶之灾。老王，你说是不是这么个理？我先走了。依我说，你现在是这个世界上最幸福的人，活着时能像你这样无忧无虑，难啊。我在那边等着你。我怎么能和给我儿子输过血的人翻脸呢……"

王元美的眼角渗出一颗没有知觉的泪珠。

回到家里，祝置城沐浴更衣。傍晚，他同祝涛和肖慧勤道别后，服下一瓶安眠药。祝置城和衣躺在床上，他的身边是邓加翔的骨灰盒。

祝涛和肖慧勤为父亲超前守灵。

第二天早晨，当马警官看到祝涛和肖慧勤臂戴黑纱出现在他面前时，他知道出事了。祝涛将祝置城的遗书交给马警官，并委托他转交政府。祝置城在遗书中恳请政府同意派祝涛和肖慧勤去月球为中国建立龙站。

中国发射第一艘登月飞船那天，电视台向全球直播。身穿普通衣服的祝涛和肖慧勤同身着宇航服的宇航员们乘坐电梯进入飞船。飞船点火升空，火舌舔噬着苍穹，逼迫宇宙为飞船腾出一席之地。

飞船顺利在月球着陆。宇航员们将通信设施和国旗留在月球上后，同祝涛和肖慧勤告别，之后驾驶飞船返回地球。

看着杳无人烟的空阔月球，祝涛和肖慧勤心旷神怡。他们在月球上举行了婚礼。一拜宇宙。二拜地球。夫妻对拜。

祝涛和肖慧勤背靠环形山依偎在一起，他们微笑着久久注视地球，身心格外轻松。那是一种人类不可能有的微笑。

祝涛说："咱们国家宋朝有个叫苏轼的人，他有一句名诗：'不识庐山真面目，只缘身在此山中。'没从月球上看过地球的人，体会不到这诗的真正含义。"

肖慧勤说："我给他改几个字：'不识人类真面目，只缘身在人类中。'没从人类以外的身份看过人类，不可能真正了解人类。"

祝涛看着地球说："它毕竟是一颗美丽的星球。"

2000 年 2 月 11 日至 4 月 12 日

写于北京皮皮鲁城堡

（全书完）

生化保姆

作者 _ 郑渊洁

产品经理 _ 来佳音　　装帧设计 _ 何月婷　　封面插画 _ 张弘蕾
技术编辑 _ 陈皮　　责任印制 _ 刘世乐　　出品人 _ 曹俊然

果麦
www.guomai.cn

以 微 小 的 力 量 推 动 文 明

图书在版编目（CIP）数据

生化保姆 / 郑渊洁著. -- 昆明 : 云南人民出版社,
2024. 10. -- ISBN 978-7-222-22877-1

Ⅰ. I247.5

中国国家版本馆CIP数据核字第2024QU5365号

责任编辑：陈　迟
责任校对：刘　娟
产品经理：来佳音

生化保姆
SHENGHUA BAOMU
郑渊洁 著

出版　云南人民出版社
发行　云南人民出版社
社址　昆明市环城西路609号
邮编　650034
网址　www.ynpph.com.cn
E-mail　ynrms@sina.com
开本　710mm × 960mm　1/16
印张　16.75
印数　1—5,000
字数　202千字
版次　2024年10月第1版第1次印刷
印刷　嘉业印刷（天津）有限公司
书号　ISBN 978-7-222-22877-1
定价　45.00元

如发现印装质量问题,影响阅读,请联系021-64386496调换。